最後的證人

柚月 Yuzuki yuko 裕子

目錄

序章

綠色的紅酒瓶滾落地上。

瓶裡剩了將近一半的紅酒，紅酒從瓶口如流水般傾瀉而出。紅色液體在灰色的長毛地毯上逐漸擴散。

除了紅酒瓶之外，還散落一地肉塊和蔬菜。那些牛排和生菜沙拉是不久前送進房間來的晚餐食材。

一對男女隔著傾倒的晚餐餐車，面對著面。兩人想必是沖過了澡，身上都裹著浴袍。

女子的手上握著餐刀。室內燈光反射下，刀面泛起朦朧的銀光。餐刀的刀尖對著男子。

「妳冷靜一下，有話好好說。快先把刀子放下來。」

男子朝前方伸出雙手，試圖制止女子的舉動。

女子不發一語。她直直凝視著男子，向前踏出步伐。吸飽紅酒的地毯浸濕了塗上紅色指甲油的趾甲。女子一步一步地拉近與男子的距離。

女子每逼近一步，男子便往後退一步。男子搖著頭，示意女子停下動作。

女子已有歲數，眼角的皺紋深邃，敞開的睡袍可窺見失去彈性的乳房。女子的身軀也相當纖瘦，那纖瘦的程度甚至顯得病態，已經無法以窈窕來形容。

然而，女子全身散發著光芒。

那不帶一絲遲疑的目光，具有足以壓倒對方的氣勢。女子緊緊抿著雙唇，透露出不受任何人控制的強烈意志。

在女子的洶洶氣魄壓倒下，男子甚至忘了眨眼。

男子步步往後退，最後背部貼上牆壁。

男子伸手在背後摸索。

已經無路可退了。

女子一副等待此刻已久的模樣，使力握緊刀柄。

「我不會原諒你的。」

男子臉上漸漸失去血色。

男子開口試圖說些什麼時，凶器已朝男子刺來。

男子輕叫一聲，在驚險一刻猛地轉過身子。

刀子輕輕擦過男子的側腰，在半空中劃破空氣。

女子沒站穩腳步，整個身體向前傾倒。

「別做傻事！」

男子喊道。

女子原本面向牆壁垂著頭，這時緩緩挺起身子，轉頭看向男子。
女子臉上浮現從容不迫的笑容。
「我是為孩子報仇。」
女子低喃道。

公審首日

1

佐方律師。

誰在叫我啊？

佐方律師，起床了！

那聲音像在水中一樣聽起來朦朦朧朧的。

拜託再讓我睡一下啦！正打算這麼說時，忽然覺得額頭上一陣冰涼，就像被放上了冰塊。

「喂！現在是怎樣？」

佐方貞人原本舒服地打著盹，猛地從沙發上跳起來。他揉了揉惺忪的雙眼後，張開眼睛。抬高視線一看，發現小坂千尋出現在眼前。小坂在胸前交叉起雙手，不屑地低頭俯視佐方。

「佐方律師，再一個小時就要開庭了。您是不是差不多該起床了？」

佐方看了牆上的時鐘一眼，時針就快走到九點鐘的位置。他原本只打算小睡三十分鐘，現在看來似乎睡了將近一個小時。

小坂朝佐方遞出一只小瓶子，那是佐方常喝的液態腸胃藥。

佐方接過小瓶子，一鼓作氣地喝下肚。腸胃藥冰鎮過，看來小坂方才就是把這瓶子貼在佐方的額頭上。

佐方從嘴邊挪開瓶口，深深吐出一口氣，酒臭味十足。佐方反省著昨晚喝太多了。

小坂以冷漠的眼神看著佐方說：

「這次的官司不是很特別嗎？您不是說過絕對要打贏官司嗎？我不會反對您喝酒，但飲酒過量到隔天還在宿醉，這樣不太妥當吧？」

佐方的思緒遲鈍，搞不清楚自己是在挨罵，還是被問了一堆問題。

佐方將空瓶子貼在額頭上，準備躺回沙發上時，眼前突然飛來一疊文件。

「您是不是應該再看過一遍資料比較好呢？」

飛來的文件是準備在今天審判時提交給法院的證據文件。佐方心想：「都什麼時候了，哪還需要看資料？」這次案件的所有細節早已烙印在佐方的腦海裡，也足以說出他為了這次的案件花費多少心力做調查。

佐方朝小坂做出像在趕小狗的手勢。

「沒那個必要，一切所需資訊都記在我的腦袋裡了。」

小坂還是不肯讓步。

「凡事都要謹慎再謹慎，請您再看過一遍。」

隨著「咚！」的一聲傳來，文件被重放在佐方面前的桌上。面對小坂的糾纏功夫，佐方忍不住嘆了口氣。

小坂是佐方的律師事務所員工，從事事務員的工作。

一年前因為原本的事務員離職，所以佐方發出徵人啟事。當時有幾個人前來應徵，小坂即是其中一人。

「妳為什麼會想來我們事務所上班？」佐方在面試時這麼發問後，小坂說自己正就讀法律系碩士班的夜校班，未來立志成為律師，而找工作是為了賺取學費。她還說另一方面也是為了學習如何當一個律師，所以很希望有機會在佐方的律師事務所工作。

過去，佐方已聽過好幾人回答過類似的理由。在沒有對小坂留下深刻的印象之下，佐方打算結束面試。不過，聽到最後一個問題的回答後，佐方決定錄用小坂。佐方邊迅速收起文件邊詢問小坂為何想成為律師時，小坂回答自己想知道原因而不是結果。小坂把思考角度放在案件本質，而非判決結果的態度，得到了佐方的認同。

小坂沒有辜負佐方的期待，成為一名優秀的事務員。在收集訴訟所需的文件上，小坂的動作俐落，也懂得要領，工作起來也效率十足。小坂長得還算漂亮，也懂得禮儀，所以也能討委託人的喜歡。不僅如此，她甚至還會為了佐方這個常常沒時間為自己打理生活的單身漢，採購洗髮精、牙膏等日常用品回來。雖然佐方沒有表現出來，但內心一直很佩服小坂的熱忱工作態度。

不過，小坂的熱忱時而會帶來反效果。這次就是個好例子。

為了讓佐方工作起來安心無虞，她做好萬全的準備。小坂連細微末節也顧慮周全，好比說提交給法官的文件是否有疏漏，或是有沒有安排好新幹線車票、飯店等等。

這些舉動還算在可接受的範圍內。但是，對於開口干涉開庭前一天的行為，或是發號司令要求做這個、做那個的舉動，就讓佐方忍不住想要搖頭嘆氣了。

如果要說小坂這是面面俱到，或許是吧。

不過，像今天這種因為宿醉而腦袋發沉的日子，佐方實在很希望小坂可以放他一馬。佐方有自己的工作方式，並不希望被人干涉。

佐方躺回沙發上，沒有理會小坂。

小坂發出犀利的目光說：

「我們明明在東京有接不完的案子，現在卻推掉那些案子，大老遠跑到這裡來。不管怎樣都要請您打贏官司，不然就太不划算了。」

此刻，佐方人在米崎地方法院。米崎市是個地方都市，從東京搭乘新幹線往北走，要將近兩個小時才能抵達。

佐方的法律事務所設在東京中野區，大多是接受來自東京都內的委託案子，但也不時會接受來自其他地區的案子。來自遠方的委託人大多具有足夠的經濟能力，要他們負擔律師的交通費和住宿費也不成問題。

這次的委託人也是一般所認知的有錢人。到這部分，這次的案子和往常沒什麼不同。不同之處在於這次的委託人強調自己無罪。大部分案件的被告人在被起訴的當下就已經沒有勝算了。打官司頂多只是看能不能減輕刑罰或贏得緩刑判決，根本不可能發生連續劇裡上演的那種蒙冤情節。不過，這次的委託人希望佐方能揭發真相。

這次的委託內容是殺人案件的辯護工作。

佐方查看過案件資料，結果發現所有環境證據皆不利於委託人。

案發現場是位在米崎市內的某高樓飯店的客房。警方認為殺害動機在於男女關係的糾葛，凶器是隨著餐點客房服務送進客房的餐刀。

被害人被刺傷胸口而死。死因是心臟受損而失血過多致死，幾乎可說是當場死亡。

遺體被發現時呈現躺在地上的狀態，凶器還刺在被害人的胸口上。從餐刀已檢驗出委託人、被害人，以及疑是飯店人員的指紋和掌紋。被害人的指紋是下意識想要拔出刺在胸口上的餐刀所留下。至於其他指紋，雖然只檢驗出微量到甚至辨別不出是誰的指紋，但檢方已根據探聽和偵訊內容，提出見解表示那是飯店人員準備晚餐時所留下的指紋。

被害人的左手臂有反抗時造成的自衛創傷，指甲內則檢驗出委託人的部分皮膚，目前懷疑是雙方扭打之際被刮下的皮膚。

屍體被發現時所穿著的衣物是飯店提供的浴袍。現場除了被害人身上的浴袍之外，還有另一件被脫在地上的浴袍。那件浴袍沾有血跡，經鑑定後已確認是受害人的血液。另外，從浴袍內側也檢驗出疑是委託人汗液的體液。

基於以上事項，檢方推測陷入婚外情關係的被害人和委託人在淋浴後，為交往之事發生口角衝突，委託人因此拿起身邊的餐刀刺殺受害人。委託人因為害怕被發現罪行，所以換上自己的衣服離開現場。

這般推測確實合理。以檢方為首，社會大眾和媒體也都篤信委託人即是凶手。然而，佐方卻接受了委託。佐方猜測這次的案件並不像多數人所想的那般單純。

佐方在決定接不接受委託時，既不是看報酬的多寡，也不是看勝算的有無。簡單來說，佐方看的是案件有不有趣。什麼是有趣的案件呢？指的就是並非如檢方所解讀的單純犯罪，而是只要揭去一層紗，就會現出不同樣貌的案件。像是在檢方調查報告書上所寫的動機背後，藏有不可告人之複雜情感的案件。佐方的行事原則就是，在不會不利於被告人之下探求真相。

一個不會把重點放在報酬上的法律事務所，經營起來當然不會有太充足的資金。事實上，資金可說相當吃緊。就連雇用事務員，佐方也只勉強負擔得起一名事務員的薪水。

負責管帳的小坂問過佐方為什麼不接受報酬更好的案件委託。小坂說只要荷包賺得飽，就可以增加事務員人數，也可以雇用年輕律師。等到事務所的規模變大後，就能承接更多的工作。

然而，小坂說這麼多，佐方也只是左耳進、右耳出。

如果委託人要求不惜扭曲事實也要贏得對自己有利的判決結果，就算對方捧著再多錢來，佐方也會婉拒為其辯護。相反地，如果是沒有充分做過調查就遭到不當判刑的案件，即使是沒錢賺的公設辯護人工作，佐方也會願意接下。一路來，佐方所接下委託的案件幾乎都成功贏得委託人滿意的判決結果，像是求得減刑、求得提高交通事故的賠償金，或是在傷害案件中證實為正當防衛等。

小坂在佐方對面的沙發坐了下來。

「而且，我聽說這次的對手相當難纏。」

小坂口中的對手指的是檢察官。

「如果太小看對手，即使是像您這樣的老手，也可能不小心被打敗。」

小坂的發言讓佐方想起昨晚的事，他的腦海中浮現一名男子的身影。

米崎市是一個出產香醇地酒（註1）的地區。這塊土地盛產稻米，水質又好，所以有很多釀酒廠。抵達車站後，佐方立刻前往位在車站後方，在事先預約好的商務飯店辦理好入住手續後，就出門了。

佐方事隔十二年再次來到米崎市後，發現街景樣貌已全然不同。

車站前方的馬路原本單側只有單線道，現在變成雙線道。馬路兩旁原本可看見當地商店櫛比鱗次，如今也搖身變成高不見頂的摩天公寓大樓，以及滿是全國連鎖餐廳產業的住商混合大樓。

佐方憑著舊時的記憶，從車站往前走到第三個路口向左轉。一直往西前進後，終於看見熟悉的建築物出現在眼前。那棟大樓曾經是保齡球館，如今已成為廢墟。

佐方在廢墟大樓的轉角處右轉，走進小巷子裡。小巷子十分狹窄，只有雙向來車可勉強會車的寬度。小巷子兩旁可看見一家接著一家的居酒屋招牌，那些招牌沒有華麗的霓虹燈，只是在塑膠板上寫了店家名稱而已。

佐方朝巷底的某店家走去。該店家門口放著小型黑板架，黑板上的手寫字體獨樹一格，寫出各品牌的地酒名稱。店家不僅外觀和以前一樣，提供的地酒品牌也和以前一樣。佐方揚起嘴角，撥開麻繩垂簾鑽進店內。

店內只有吧檯座位以及兩個榻榻米座位區，就算客滿，也容納不了二十人。擺在架子上的招財貓還在，和以前一樣依舊被薰得黑黑的。

吧檯內出現上了年紀的老爹身影，老爹透過行動電視在觀看棒球比賽。店內不見其他客人，就連不是熱門店家這點也和以前一樣。

佐方在吧檯最旁邊的座位坐了下來。聽到聲響後，老爹在菸灰缸裡捻熄香菸，從隨處可見破洞的塑膠皮椅上站起身子。

老爹問也沒問一聲，便從身後的架子上拿出日本酒，接著把酒杯放進木製酒盅擱在佐方的面前。老爹用他關節隆起、爬滿皺紋的手，往酒杯裡倒酒。日本酒從酒杯滿溢出來，流到木製酒盅裡。老爹扶起傾倒的一升裝酒瓶，發出「啵」的一聲蓋上瓶蓋。

佐方含了一口日本酒，令人懷念的味道在嘴裡散開。那味道不嗆鼻，清爽順口。果然還是這

註1：地酒是指日本各地區出產的當地日本酒，像是山形縣出產的「十四代」、山口縣出產的「獺祭」等皆是日本出名的地酒。

麼好喝。

佐方的臉上不禁漾起笑容。

「你竟然還記得我愛喝什麼酒。」

老爹一邊看著電視，一邊態度冷漠地回答：

「我還沒老人癡呆。」

佐方乾了第二杯酒時，一名客人走了進來。對方拎著黑色公事包，一身深藍色西裝的打扮，黑髮中明顯參雜著白髮。

男子與佐方隔開一個座位也坐上吧檯的座位，接著拿起濕毛巾擦臉。看見男子坐下來後，老爹同樣問也沒問一聲，便從身後的架子上拿出一升裝酒瓶。那瓶日本酒的品牌和倒給佐方的不同。男子含了一口老爹倒的日本酒後，一副心滿意足的模樣嘆口氣，低喃一句：「記憶力真好。」就跟回應佐方時一樣，老爹態度冷漠地回了一句：「我還沒老人痴呆。」

好一會兒的時間，店裡只聽見老爹正在收看的電視聲音。男子和佐方都保持沉默地喝著酒。

直到佐方喝光第三杯酒時，男子才開口說：

「我就知道你會在這裡喝酒。」

佐方沒有做出任何回應。男子毫不在意地把酒杯湊近嘴邊。

兩人沒有交談，時光就這麼流過。

佐方從外套內側的口袋裡掏出香菸。他叼著香菸點了火，將滿滿的尼古丁吸進肺裡。近來不論去到哪裡都禁菸，讓人覺得好不自由。一家能讓人自在抽菸的店實在難得。

「原來你還在這裡啊。」

佐方自言自語似地低喃後，朝男子遞出香菸。男子以手勢拒絕了佐方。

「我繞了一圈又回到這裡來。回來之後，發現地檢署變成全面禁菸。我也就藉機戒了菸。」

聽到地檢署三字，佐方的腦海裡浮現一棟灰色建築物。那是一棟七層樓高的老舊大樓，佐方過去也在裡頭工作過。只要爬上那棟大樓的頂樓，就能看見一望無際的街景。從林立的辦公大樓之間可窺見綠葉成蔭的行道樹，佐方以前很喜歡望著那景色看。

男子拿起酒杯緩緩搖晃杯裡的酒。

「明天是我的下屬要出庭。」

佐方本打算把香菸湊近嘴邊，頓時停下了動作。不過，他很快地又抽起香菸，一副像是什麼也沒聽見的模樣。

「誰會出庭與我無關，我要的只是針對犯罪做出公平裁決。」

佐方知道男子瞥了他一眼，兩人之間的氣氛變得緊繃。佐方沒有理會男子的目光，沉默地抽著香菸。

男子把視線移回酒杯後，說了一句：「跟那時候一樣。」

佐方一聽就知道男子說的「那時候」是指十二年前。當時在地檢署的會議室裡，佐方對眼前的男子說過同樣的話。之後，佐方便辭去檢察官的工作。那時佐方當上檢察官剛邁入第五年。

聽到佐方要辭去檢察官時，男子並沒有挽留。面對遞出辭呈的佐方，男子只低喃一句：「混帳東西。」佐方到現在還忘不了男子那時的眼神，那是夾雜著憤怒、無奈及死心情緒的眼神。

「那傢伙很優秀。」

男子說道。佐方立刻聽出男子口中的「那傢伙」是指明天將要出庭的下屬。

「就跟以前的你一樣。」

男子補上一句。

那時男子很看重佐方，佐方自己也十分明白這點。

對於還是個菜鳥的佐方，從檢察官的基本工作，甚至到地檢署內部的勢力圖，男子鉅細靡遺地給予指導。佐方若是犯了錯，男子就會毫不客氣地痛罵他一頓。有些小失誤如果是別人只會被碎念幾句就沒事，換成是佐方就不會被輕易放過。佐方也不知道被要求重寫文件寫到三更半夜多少次。男子曾說過這一切都是因為看好佐方未來可成為在地檢署挑起大梁的人物。

如此備受期待的佐方辭去檢察官工作。看在男子的眼中，想必會覺得佐方背叛了他。

佐方舉高酒杯，催促老爹幫他倒第四杯酒。

男子喝光第三杯酒後，從座位上站起來。放了三張千圓鈔票在吧檯上後，男子說：「不用找錢了，就當作是記得我喜歡喝哪種酒的答謝。」

男子在店門口停下腳步，回過頭看向佐方。

「當心一點啊。」

男子走出店外，店內再次只傳來棒球比賽的現場轉播聲音。佐方沉默不語地目送往日的上司離開。

佐方猛地從沙發上站起來，往房門走去。

「您要去哪裡？開庭時間就快到了！」

小坂急忙搭腔說道。佐方頭也沒回地回答說：

「尼古丁。」

一旦開了庭，短時間想抽菸都難。公審前先抽個兩、三根菸已變成佐方長年來的習慣。

佐方走出房間。

幾名男女站在走廊上交談，所有人胸前都掛著證明身分的名牌。他們是地方電視台的工作人員和記者。

很少有否認之訴。耳尖的媒體聽到消息後，紛紛積極採取行動試圖獲取資訊。佐方指示過小坂拒絕所有採訪，接到來自媒體的電話時，小坂頻頻低頭禮貌婉拒。

要是被媒體發現就麻煩了。佐方心想，於是低著頭往出口走去。佐方走下樓轉個彎後，看見一對男女從走廊的另一端走來。

對面的女子是負責這次案件的檢察官——庄司真生，佐方推測真生的年紀差不多三十出頭。

真生留著一頭筆直的長髮，在後腦勺綁起馬尾。真生今天的打扮也很適合她，腳上踩著高跟鞋配上米色長褲套裝。跟在一旁的事務員身穿深藍色西裝搭配淺藍色領帶，看起來差不多二十多歲接近三十歲。事務員低調地走在真生的後方。

佐方與兩人擦身而過時，高跟鞋的叩叩聲響停了下來。佐方也停下腳步。真生斜眼看著佐方說：

「佐方先生，今天還請多多指教。」

凝視佐方的雙眼散發出理智的光芒，讓佐方想起往日上司昨晚說過的話：那傢伙很優秀。

佐方在辦理審前整理程序時，第一次與真生碰面。

佐方不得不承認看見來了一位女檢察官時，著實吃了一驚。法務界確實有女檢察官，所以不是什麼稀奇的事情。不過，對於少有的否認之訴，幾乎不曾看過由女檢察官出面負責。佐方一直抱著對手會是個男檢察官的想法。

不過，隨著程序的進行，佐方的驚訝情緒也消失了。對於佐方和書記官提出揭露案件之爭議點以及證據等要求，真生立刻做出應對。看見真生的俐落動作和機敏反應，佐方感受到她是個頭腦犀利的女人，也明白了檢方為何會派出真生來負責。

真生的細長雙眼忽然發出凶狠目光。

「我站在這裡都聞得到酒味。首次公審的前一天還大量飲酒，可見您有多麼遊刃有餘。這是不是表示您相當有自信可以打贏這場官司呢？」

對一個宿醉的男人來說，沒有什麼比女人的挖苦話語更加令人生厭。佐方毫不客氣地回答：

「我高興在哪裡做什麼跟妳無關吧！」

可能是被佐方的說話態度惹火了，真生的凶狠目光變得更加犀利。事務員察覺到氣氛不妙，介入兩人之間說：

「庄司小姐，我們差不多該走了。」

真生看著事務員點了點頭後，再次看向佐方說：

「我不會小看您的，我沒有自信過剩到會輕視一個擁有卓越實績的人。我會卯足全力面對這場戰鬥。」

真生帶著事務員從佐方的身旁走過。

終於解脫的佐方急忙往出口走去，真生喊住佐方：

「佐方先生。」

佐方回頭一看，發現真生直直注視著他。

「您為什麼要替犯罪者辯護？」

突如其來的問題讓佐方感到困惑。佐方搔了搔頭說：

「目前還不確定被告就是罪犯吧？」

真生發出自信滿滿的目光。

「既然我們會決定起訴，就表示篤信被告做出犯罪行為。今天的被告無庸置疑也是個罪犯。」

「妳相當有自信嘛。」

佐方露出苦笑說道。真生用不允許他人否定的強勢口吻說：

「不是有自信，而是篤信。」

真生的嚴肅口吻讓佐方收起臉上的笑容。

「罪犯勢必要接受制裁。」

真生轉身走了出去。佐方盯著腰桿打得直挺的背影離去。

檢察官有兩種類型。一種是書讀得好，內心從未產生任何疑問便順其自然走上檢察官之路的類型；另一種則是懷抱使命感，憑著自我意識選擇走上檢察官之路。

真生屬於後者。她是忠實於自我意識，而非在意官方權威或面子的類型。不僅如此，佐方的往日上司也為真生的實力掛保證。佐方告訴自己確實不能輕忽對手。

胸口一陣騷亂難耐，佐方對尼古丁的渴望已經到了極限，急忙快步往出口走去。

2

細沙落下般的聲音傳來。

高瀨光治睜開眼睛。外面下著雨，夜幕漸漸低垂的庭院一片濕漉漉。三天前也是一樣的光景。和那天一樣看見了美麗綻放的繡球花，妻子美津子也待在光治的身旁。

搞不好今天還是星期一。光治這麼想，忍不住懷疑起自己可能只是在客廳打瞌睡，做了一場惡夢罷了。或許也可能只是像幸福的孩子把自己想像成悲劇的主人翁，沉浸在幻想世界裡罷了。

光治垂下眼簾，輕輕甩了甩頭。不，跟那天不一樣。只要仔細一看，就會發現繡球花的花瓣微微褪色，擺在電視機上的電子時鐘也顯示出今天是星期四。無庸置疑地，時光在那天之後也一點一滴地流過。

不過，這些都敵不過美津子的表情，那表情說出三天前發生的悲劇是事實。事情發生後，美津子茶不思飯不想，也幾乎沒有睡覺。因為這樣，美津子的眼窩凹陷、臉頰削瘦，哭得發腫的眼皮就像個水泡似的。光治亦是如此。

光治感到於心不忍，不由得將視線從妻子身上移開。他因為無法接受折磨人的現實，才會想騙自己一切都沒有改變。不，光治其實是不願意接受現實，他不願意接受小卓已經不在這個世上的現實。

三天前的星期一比平常來得忙碌。一方面因為週末剛結束，加上適逢因季節轉換而容易身體不適的時期，才會人潮不斷。可容納二十輛車的停車場從一大早就客滿，候診室也不斷湧入滿滿的病患。光治一直忙到下午兩點多才有時間吃午餐，而且時間倉促到只能把食物塞進肚子裡，連味道都來不及品嘗。吃完午餐後，因為病患在等著看病，所以光治毫無休息即展開下午的看診。

幫最後一名病患看診完之後，光治交代晚班的護士做好善後工作，便從後門離開。光治的原則是「工作結束後儘早回家，用餐後儘早休息，不把今日的疲勞帶到明日」。如果是在光治以前服務的大學附設醫院，就算他病倒了，也會有醫生可以代班。不過，私人診所沒有其他醫生。光治這個唯一的醫生若是病倒，病患就傷腦筋了。嚴格來說，醫生注重自我健康也是為了守護病患的身體健康。光治一直都是抱著這樣的想法。

確認時鐘後，光治發現時刻已接近七點鐘。空氣中夾帶著濕氣，裹住暴露在短袖襯衫袖口外的手臂肌膚。可能要下雨了。光治這麼想著，啟動車子的引擎。

光治在三森市經營岡崎內科診所，今年正好滿五週年。

診所經營得相當順利。想必是醫術好加上看診細心，才會得到好口碑，但最主要還是因為擁有絕佳的地理條件。

光治選擇作為開業地點的三森市，位在設有縣政府的米崎市隔壁，是一座衛星城市（註2）。可通往米崎市的外環道路正巧在診所開業的那一年完工，隨著外環道路完工，這幾年來三森市的人口急遽增加。

診所座落在位於三森市南方的岡崎町。岡崎町是近來新開發的郊區型新興住宅區，當地居民也以年輕族群居多，診所附近的公園經常可聽見孩子們玩耍的熱鬧聲音。岡崎町是三森市當中距離米崎市最近的地區，想必一方面是因為這樣的地理便利性，居民人數才會年年持續增加。

來找光治這位開業醫生看診的病患大多是住在附近的居民。姑且不論必須進行開腹手術的疾病，如果只是得了感冒或腸胃炎等輕度疾病，大部分人都會選擇前往距離住家較近的醫院就診。這麼一來，比起居民逐漸減少的地區，當然是居民逐漸增加的地區會有比較多的病患。儘管心裡明白病患人數增加不是值得開心的事，但診所的經營順利步上軌道時，光治還是不由得鬆了一大口氣。

再說，診所得以順利經營絕非只會對經營者一方帶來好處。如果有了多餘的資金，就能夠提供完善的環境。前幾天也因為人手不足應付目前的病患人數，剛錄用了新護理師。隨著醫療現場的人數增加，病患就能得到完善的照顧，病患也會感到滿意。病患會介紹更多病患來就診，診所的收入自然也會增加。這麼一來就能夠提供更加完善的環境。這是一種良好的循環。

診所開業之前，光治是在一所大學附設醫院服務。

光治在三十八歲時，決定自立門戶。

光治選擇在即將邁入四十歲的時間點改當開業醫生時，大學附設醫院的同梯醫生都告訴光治還太早，而加以勸阻。多數在醫院服務的醫生都會先聆聽自己四十歲後的心聲，才思考怎麼安排未來之路。原因是很多例子都是太過年輕就自立門戶，最後因為經驗不足或年紀太輕而得不到病患的信賴，導致無法順利經營下去。三十多歲就自立門戶的醫生當中，大多是父母親或祖父也是

註2：衛星城是城市規劃的一種概念，意指大城市邊緣的小型城市，為大都市工作者主要的居住地。因為如衛星般與大城市相近，故稱衛星城市。

醫生而繼承衣缽。

照理說，光治也是處於這樣的立場。光治的祖父和父親兩代都是內科醫生，身為長子的光治本應成為家族中的第三代內科醫生。不過，光治決定當開業醫生並不是為了繼承衣缽。

光治的父親在光治升上小學那一年離開人世。他的父親得了胃癌，享年三十五歲。發現時已經是晚期胃癌，雖然動了開腹手術，但為時已晚。

光治的祖父萬分悲嘆，其悲傷情緒全部轉移到孫子光治的身上。失去兒子的痛苦讓祖父對光治的期待拉高兩倍、三倍以上。祖父不停地告訴光治一定要成為醫生，到了光治升上高中時，祖父的期待變質成了威脅。

不過，當時的光治壓根兒就沒有打算當醫生。一方面是因為被強迫決定自我未來而產生反抗心態，但更大的原因是光治對醫生這個行業感到失望。

祖父在老家地區被公認為是個醫術高超的醫生，就連醫術高超的祖父也沒能夠救活父親——這個事實讓光治覺得醫生不過是個空虛的工作。

抱有這般想法的光治直到要考大學時，才決定要成為醫生。在光治高中三年級時，母親去世了，想不到光治的母親和父親一樣死於胃癌。父母親皆死於相同疾病的事實，讓光治對於醫生這個行業徹底改觀。光治對於病痛的憤怒情緒高漲，最後勝過治不了病痛的空虛。

我要親手保護自己重視的人的生命！才不要交到他人的手中！光治開始有了這樣的想法。因相同疾病而痛失父母親的悲傷情緒，促使光治走上醫學之路。高中畢業後，光治升上當地的醫藥大學，後來在大學的附設醫院工作。而現在，光治擁有自己的診所。對光治來說，他根本不在乎什麼世襲不世襲。他只是想要親手保護自己重視的人的生命而已。光治就是為了把這股意念化為形體表現出來，才沒有繼承祖父的診所，而是選擇在其他地區開業。

光治還不到四十歲就決定自立門戶有兩個原因。

一個原因是過於嚴酷的工作制度讓光治覺得快要無法負荷。在醫院上班的醫生勤務繁忙，收入卻很少。視狀況而定，有時甚至領不到加班費。上班的時間也不規律，半夜裡接到電話時也一定要配合。每天被病患和時間追著跑的日子，漸漸麻痺了光治對病患的感受。光治的心態從為病患看診，一點一點地轉變成必須設法消化病患人數。察覺到自己的心態轉變時，光治有了危機意識，覺得如果繼續讓自己處在過度忙碌的環境之中，將會導致自己喪失體力，也喪失身為醫生想救人一命的抱負。

另一個原因是兒子的誕生。光治有了不想依附在他人事業底下領薪水，而是要靠自己的力量來養活家人的想法。光治有自信就算自立門戶，也養得起妻小。對於自己的醫術和勤奮，光治深具信心。如今的狀況證實了光治的這份自信並非自命不凡的自大想法。

「你下班了啊！」

光治把車子停進車庫，打開玄關門後，美津子立刻從屋內走出來。香噴噴的味道從廚房的方向飄了過來。今天的晚餐似乎是燉煮料理。

「今天一定也很忙吧？看你很累的樣子。」

美津子從光治手中接過公事包後，一副擔心的模樣探出頭，看著正在脫鞋子的光治說道。

「平常還不都是這樣。別說這些了，我肚子好餓。今天中午也沒時間好好吃飯。」

「哪有醫生自己三餐這麼不正常的！我知道照顧病患的身體很重要，但你也要愛護自己的身體啊！」

經過這麼一段每天都會上演的對話後，光治走上二樓。換上睡衣後，光治下樓走到客廳，看見餐桌上已經擺著冰鎮過的啤酒。

光治打開易開罐，直接把罐口湊近嘴邊喝了起來。刺激感十足的口感劃過喉嚨滑進肚子裡。美津子算準了時間端來下酒菜。益子燒（註3）的器皿上，盛著冷醃茄子。

「太好吃了。就算沒有我，妳也可以靠經營小吃店活下去。」

美津子用眼角餘光瞪視不停動著筷子的丈夫。

「少說這種不吉利的話。我是因為你答應要照顧我一輩子，才嫁給你的耶！拜託你不要食言而肥。」

光治動作誇大地聳了聳肩回應美津子的強烈口吻，接著打開第二瓶啤酒。

認識美津子時，光治還在母校大學的附設醫院服務。光治有個大學同年級的男同學叫濱田，美津子是濱田的妹妹，當時還是就讀當地大學的學生。美津子因為腳骨折，所以定期到哥哥上班的醫院看診。骨折的原因是和朋友去滑雪，結果跌倒受了傷。

在走廊上與光治擦身而過時，濱田向光治介紹了自己的妹妹。美津子在哥哥身旁低頭行了一個禮，那模樣看起來比實際年齡來得成熟。可能是美津子的舉止穩重，加上不是一身趕流行的打扮，而是穿著沉穩的服裝，才會讓光治覺得她顯得成熟。美津子的五官小巧，算不上長相搶眼，但長得十分端正，所以顯得有氣質。一路來，光治看過太多光是聽到是個醫生就投懷送抱的女人，而美津子表現出不強出風頭的低調感讓光治心生好感。

在那之後，光治時而會在醫院的走廊上遇見美津子。每次遇到時，光治都會主動打招呼。其實每次都是光治的目光不由自主地尋找美津子的身影，為了掩飾這點，光治總會拚命裝出若無其事的模樣。

有時候美津子也會主動向光治搭腔。無論距離多遠，只要一看到光治，美津子就會低頭行禮。光治一走近美津子的身旁，美津子就會臉頰微微泛紅，很開心似地展露微笑。從這般反應不難看出美津子對光治抱有好感。

如同光治察覺到美津子的感受，美津子當時應該也察覺到光治的愛意。兩人開始交往後，光治才發現美津子是個直覺敏銳的女人。美津子經常從光治的眼神變化或小動作識破光治的想法。如此敏銳的美津子不可能沒察覺到光治的愛意。

兩人沒有花費太多時間便拉近了距離。原本只會互打招呼的兩人漸漸開始會站著交談，到美

註3：益子燒為日本的陶瓷藝品，起源於江戶時代末期，發展至今在日本栃木縣益子町已擁有將近四〇〇間瓷窯。

津子復健療程結束時，兩人已經進展到會共進晚餐的關係。
交往了兩年，美津子大學畢業後光治便向她求婚。為了向美津子的父母提親而去到美津子家時，光治還被也在場的濱田挖苦了一下。濱田挖苦光治不僅考醫師執照的手腳很快，追女朋友的手腳也很快。
「爸爸，你回來了啊。」
小卓從二樓走下來說道。光治確認時鐘後，發現時刻已接近八點鐘。小卓補習的時間快到了。小卓來到光治的身邊後，伸手拿起餐桌上的麵包，兩三下就把麵包啃得精光。
「你不是吃過晚餐了嗎？」
看見小卓吃得如此豪邁，光治忍不住開口問。小卓舔了舔手指回答：
「吃飽沒多久還是很快就餓了。」
小卓雖然還是個小學五年級生，但胃口已經好得不得了。進入四月後的三個月期間，小卓長高許多。早晚有一天他的個子一定會追過身高一百七十五公分的光治。光治在腦海裡想像幾年後的兒子模樣，臉上不由得露出笑容。
看在光治這個父親眼裡，也覺得小卓是個自發性強的活潑孩子。小卓自己主動表示想要參加社區的少年運動團，就連今年四月開始上課的補習班，也不是父母勸小卓去補習的。
光治不曾強迫小卓做過任何事。光治在祖父的強制要求下長大，他深知被人強迫做什麼是一件多麼痛苦的事情。光治不想讓自己的兒子承受跟他一樣的感受。光治不想當一個站在孩子前方指示該往什麼方向前進的父親，他想當一個在背後支持孩子所選擇之路的父親。
小卓背起裝著學習用品的包包，往玄關走去。光治想起離開診所時天空一片烏雲，趕緊朝就快踏出客廳的兒子背影搭腔說：
「我去補習囉！」
「快下雨了，讓媽媽載你去吧！」
小卓轉過頭，一臉苦澀的表情。
「不用了啦，媽媽都要準備很久才出得了門。」
美津子一邊用圍裙擦手，一邊從廚房探出頭說：
「誰說的！我去梳一下頭髮就好，等我一下喔，我載你去！」
小卓揮揮手說：
「現在不出門就要遲到了啦！而且，直樹也說他要騎腳踏車去。萬一下雨，妳就先幫我放熱水。我下課回來會馬上去泡澡。」
小卓口中的直樹是從四月開始一起上補習班的朋友，兩人的感情十分要好，還會互稱彼此是麻吉。
小卓沒有等待美津子回答便踏出家門，光治聽見開門聲以及腳踏車騎出去的聲響。
「小小年紀還敢交代人家先放熱水，再等上二十年吧。」
兒子像個小大人的說話態度讓光治忍不住露出苦笑。

光治的想法還是和以前一樣，他想要親手保護自己重視的人的生命。反而應該說，在擁有自己的家人後，這樣的想法更加強烈。

光治的父親和母親因為癌症早早離世之後，如今祖父母也已經不在人世。對沒有手足的光治而言，能稱為家人的對象只剩下美津子和小卓。哪怕這世上有好幾億人，光治的家人還是只有兩個人。

光治閉著眼睛，耳邊傳來細沙落下般的聲音。他站起身子，拉開客廳的窗簾。雨水淋濕了庭院裡的繡球花。

「果然還是下雨了。」

光治自言自語地說。美津子洗完餐具後，來到光治的身邊抬頭仰望天空。

「這雨勢恐怕沒那麼快停下來。等補習班下課時，我還是去接小卓比較好吧？」

還是去接一下比較好。光治本打算這麼回答，但打消了念頭。想起兒子走出客廳時的背影顯得比平常來得勇敢，光治決定把話吞了回去。小卓若是看見媽媽來接他，會怎麼想呢？媽媽的體貼會不會讓小卓覺得自己被當成小孩子看待呢？他會不會被朋友取笑還像小孩子一樣離不開媽媽，而感到難為情呢？

從家裡到補習班，騎腳踏車大約要花上二十分鐘。對小學五年級生來說，這樣的距離不算近，但也不會太遠。光治心想與其害得努力想要表現成熟一面的兒子沒面子，不如讓他淋雨回來還比較好。

光治拉起窗簾說：

「他已經五年級了，淋一下雨不會有事的。妳記得先放熱水啊！等小卓回來，就叫他馬上去泡澡，要是感冒就不好了。」

美津子走出客廳，準備去放熱水。

光治回到椅子上，打開電視，電視正好在播放棒球比賽。比賽已經進行到第九局下半場，目前呈現兩人出局滿壘的狀態。兩隊的比數相差兩分，只要打出一支安打就可以平分，如果是長打，就會有逆轉勝的機會。投手投了球，打者揮棒打擊出去，現場掀起狂熱的歡呼聲。雨勢彷彿受到歡呼聲的吸引，跟著變強了。

光治拿著罐裝啤酒，入迷地盯著螢幕看。

門鈴聲響起。

光治拉回三天前的思緒被打斷了。他看向身旁的美津子。美津子依舊垂著頭，沒打算站起身子。或許美津子根本沒聽見門鈴聲吧。光治心想妻子的意識或許也從星期一的晚上停止了轉動。

光治緩緩站起身子，往玄關走去。開門後，一對男女站在門外，男女兩人都面帶嚴肅的表情低頭行了禮。兩人身後站著一個男孩，光治當然認得男孩。男孩一直注視著自己的腳邊，不願抬起頭。

光治喊了低著頭的男孩名字：

「直樹。」

聽見有人呼喊自己的名字，直樹嚇一跳地身體顫抖。直樹的母親輕輕把手搭在兒子的肩上，試圖安撫直樹。

「我們今天本來打算去參加喪禮的，但這孩子的情緒還很不穩定，根本沒辦法參加。可是，這孩子到現在才突然說想要見小卓，所以我們就帶他來了。真的很抱歉，這麼晚還來打擾你們，但拜託你們讓他見一下小卓好嗎？」

直樹的母親看著光治，眼神之中透露出為自己的兒子好好活著而感到過意不去的情緒。光治承受不了那眼神，忍不住低下頭讓自己別開視線。

直樹的母親根本不需要感到過意不去，開車撞死小卓的駕駛才應該感到過意不去。光治心裡當然明白這點。然而，在小卓被送去的醫院太平間看見自己的兒子變得慘不忍睹的模樣時，一股怒氣湧上光治的胸口，他在心中咒罵：「為什麼小卓非死不可！」光治心裡不由得想，如果從補習班回家的路上，騎腳踏車的前後順序倒了過來，小卓是不是就可以逃過死劫？如果小卓不是騎在前頭，而是騎在直樹後方，被撞死的人是不是就會是直樹，而現在還能看見臉上掛著笑容、精神奕奕的小卓？光治無法不去怨恨前後之別所帶來的惡運。

就在小卓遲遲還沒回家，美津子擔心地準備打電話到補習班時，警方打電話來告知發生了車禍。在那之前，美津子才擔心地念著：「平常就算再晚，小卓也會在十點前回到家，現在都已經過了十點半卻還沒回來。會不會是發生什麼事了？」

接起電話後，美津子的臉色大變。

「警察？」

聽到「警察」兩字，光治從椅子上站起來，衝到美津子身邊。

「怎麼了？發生什麼事了嗎？」

美津子因為情緒過度混亂，只知道回答「可是」或「那個」，應對得毫無要領。光治從美津子手中搶過話筒。

「請問有什麼事嗎？」

話筒另一端傳來年輕男子的聲音：

『您這邊是高瀨先生的府上吧？請問高瀨卓是府上的小孩嗎？』

「沒錯。」

光治這麼回答後，男子立刻做了簡短的說明。男子表示自己是警察，並說明小卓被車子撞到後已送往鄰近醫院急救，還要光治立刻前往醫院。

「小卓、小卓他沒事吧？」

光治想起以前在大學附設醫院擔任急診醫生時的狀況。被送來醫院急診的病患什麼狀況都有，像是內臟疾病、腦中風或車禍受傷等。病患的家人大多因為事發突然而情緒混亂，根本聽不進去醫生的說明。病患的家人會用像在責怪的語氣不停詢問。現在的狀況怎麼樣？為什麼會發生這種事情？有救嗎？

光治當然能夠體會面對突發狀況而陷入混亂的心情。不過，光治會覺得就是因為遇到突發狀況，才更應該冷靜下來聆聽醫生怎麼說明病患的身體狀況，以及接下來的治療方針。

然而，此刻的光治跟他在醫院一路看到的病患家人沒什麼兩樣。光治的情緒混亂，只做得出與趕來急診室的病患家人一樣的舉動。外傷程度有多嚴重？有沒有出血現象？內臟器官有沒有損傷？目前呈現幾級的意識狀態？光治對著話筒另一端的警官接二連三地發問。

現在回想起來，光治才想到警官人在案發現場，哪可能掌握得到被害人的傷勢。當時光治應該設法讓失去冷靜的妻子鎮定下來，並且在最短時間內趕到小卓被送往的醫院。然而，在那當下，光治並不知道該這麼做。到了現在，光治才體認到除非自己也站在相同立場，否則根本無法體會當事人的心情。被光治追問個不停後，警官表示他也不知道詳細狀況，並指示光治儘快趕往醫院，隨即匆匆掛斷電話。

讓直樹和他的父母進到屋內後，光治帶著三人來到和室。靈桌設在和室的最裡面。當時葬儀社一來，兩三下就擺設好靈桌。

靈桌上擺著牌位和遺照。直樹的母親一看到小卓的遺照，立刻用手帕掩住嘴巴。哽咽聲從手帕縫隙間流瀉出來。直樹的父親則是用手帕按住眼頭。

「那個人會怎樣？」

三人上完香後，美津子端來熱茶時，一直保持沉默的直樹開口問道。

四個大人的視線一齊集中在直樹身上。直樹抬起原本一直垂著的頭，露出夾雜著悲傷和憤怒的眼神注視著光治。

「那個撞死小卓的男人會怎樣？」

淚水從注視著光治的一雙眼睛滿溢而出。

「我看得很清楚。明明是紅燈，那車子卻朝斑馬線衝過來。然後，本來騎在我前面的小卓就突然消失了。一轉眼小卓就不見了，我完全搞不清楚發生了什麼事。」

直樹在膝蓋上握緊拳頭，顫抖著。

直樹是車禍的唯一目擊者。

補習完之後，在雨中踏上歸途的兩人來到住宅區的十字路口。汽車那一方的馬路燈號是紅燈，腳踏車前進方向的馬路燈號則是綠燈。兩人橫越了斑馬線。就在這時，一輛車子往十字路口衝來，騎在前頭的小卓被那輛車子撞飛，據說小卓被撞飛到十五公尺外。駕駛下車衝向倒在地上的小卓，嘴裡反覆念著：「怎麼辦？怎麼辦？」警方做筆錄時，直樹提到駕駛說話時一直散發出酒臭味。

描述完車禍發生當下的狀況後，淚水順著直樹的臉頰淌落。淌落的淚水彷彿一道信號，直樹原本的低喃聲音化為悲痛叫聲：

「小卓……小卓是被那男人殺死的！」

直樹的聲音響遍室內。美津子原本一直面無表情的臉部漸漸扭曲。原本跪坐著的美津子忽然站起身，拿起放在靈桌上的小卓骨灰罈緊緊抱在胸前。

「小卓……」

美津子抱著兒子崩潰痛哭。

酒駕闖了紅燈，還釀成死亡車禍。開車的那個人將會受到刑罰，也勢必會入監服刑。

直樹抽抽搭搭地哭著，光治握住他的手。

「警察已經抓到撞死小卓的男人，他一定會受到法律的制裁。」

直樹的手溫暖極了，可感受到活著的人才會有的生命熱度。光治握著直樹的手，忽然間想起在太平間握著兒子的手的冰冷觸感。光治再也不可能感受到兒子的溫暖，一股更深的悲傷情緒湧上光治的心頭。

光治直直注視著直樹，語氣堅定地說：

「別擔心。」

光治這句話不只是說給直樹聽，也是在說給自己聽。

直樹用手背拭去淚水後，大動作地點了點頭。

光治也用力點點頭。撞死小卓的男人勢必將接受法律的制裁，光治如此深信不疑，直到過了半年後，接到不起訴通知的那一刻。

三〇一號法庭充斥著明亮的光線。法庭裡有從地板延伸到天花板的大窗戶，初夏的陽光從窗戶流瀉進來。

媒體以及旁聽人幾乎坐滿了旁聽席，大約算一下人數總不少於四十人。

共有九個人坐在法官席上。審判長寺元純一郎坐在正中央，隔著寺元的左右兩側分別坐著村田誠右陪席法官，以及長岡真紀左陪席法官。被選為本案件裁判員（註4）的六人分開坐在三位法官的兩側。

佐方和真生隔著應訊檯對峙著。佐方垂著視線，沒有特別看向誰，真生則是直直盯著佐方。

一名女子站在法官席前方的應訊檯前。女子年約五十歲上下。看見女子腰上那圈游泳圈，不禁讓人覺得如果把女子推進核磁共振造影機，應該可以拍出代謝症候群的範本成像。女子身上的灰色針織外套的鈕扣緊緊扣上，感覺鈕扣隨時都有可能彈飛出去。

寺元帶有張力的聲音在室內響起：

「證人請進行宣誓。」

註4：裁判員制度為日本的司法、審判制度，指針對每場特定的刑事審判，從選民（市民）當中選出裁判員，與法官共同參與審理。

就像學生突然被老師點名一樣，證人抖了一下肩膀。證人讀起宣誓詞，宣誓過程中不時發出「呃～」、「嗯～」之類的少根筋聲音。這名證人似乎不是能言善辯的類型。

證人完成宣誓後，寺元轉頭看向真生。

「那麼，請檢察官進行證人詰問。」

女子是檢方傳喚的證人。在寺元的催促下，真生從座位上站起來，接著以眼神向法官席致意。

「證人詰問開始。」

真生的聲音響遍整間法庭。真生轉身面向證人。

「請先告訴我們您的大名。」

「我叫田端啟子。」

不過是被要求說出自己的名字，女子卻顫抖著聲音。想必是為了讓田端鎮靜下來，真生刻意放慢說話速度說：

「請問妳目前住在哪裡？」

「三森市的岡崎町。」

「岡崎町。」

真生緩衝了一下時間。

「高瀨夫婦也是住在岡崎町，對吧？」

田端壓低下巴，輕輕點了點頭。

「高瀨家就在我們家隔壁。」

真生離開自己的座位，站到田端的身邊。

「田端太太，您們是什麼時候開始住在那裡的？」

「那是我先生自己的房子，我們結婚後就一直住在那裡。已經超過二十年以上了。」

「高瀨夫婦是在十三年前移居到岡崎町。請問高瀨夫婦剛搬來的時候，您就認識他們兩位嗎？」

「認識。」

田端拿起手上的手帕擦拭額頭上的汗珠。

「您第一次見到高瀨夫婦時，有什麼印象嗎？」

「高瀨先生看起來很有威嚴，但說起話來很穩重，感覺是個滿體貼的人。高瀨太太雖然不多話，但總是笑瞇瞇的，感覺很有氣質。」

「在那之後，您對高瀨夫婦有改變印象嗎？」

田端搖了搖頭。

「在路上遇到時，他們一定都會跟我們打招呼，我們全家去旅行時，也會幫我們餵來福……來福是我們家養的柴犬，牠比較神經質，所以不太容易跟別人親近。不過如果是高瀨夫婦，來福倒是很願意跟他們親近。看見來福的態度，我心裡就在想小狗也分辨得出一個人的善惡。」

可能是慢慢適應了法庭的氣氛，田端說話變得流暢。真生繼續發問：

「在您看來，您覺得高瀨夫婦倆的感情如何呢？」

田端揚起嘴角，露出彷彿沉浸在美夢之中的眼神。

「看著高瀨夫婦，讓我知道原來所謂的鶼鰈情深就是這麼回事。妳也知道高瀨先生是個醫生，他明明應該很忙才對，卻願意積極參加社區的一些例行活動，像是社區自治會的清掃活動或是為了募集捐款的跳蚤市場等。他們總是夫妻倆一起參加，我也一直覺得他們是真的感情很好。跟我家那個老是愛找藉口開溜的老公實在差太多了。所以……」

田端的臉上蒙上一層陰霾。

「我實在是很難相信會發生這次這種事情。」

田端動作誇大地垂下肩膀，拿起方才用來擦拭汗水的手帕掩住嘴巴。

「您說的感情很好的這對夫婦，他們是什麼時候開始變得不一樣的？」

田端的視線移向左上方，稍作思考後才回答：

「差不多是這半年來吧，應該不到一年才對。」

「是哪裡變得不一樣了？」

聽到真生的發問後，田端的表情變得嚴肅。看見田端說話變得吞吐，真生以眼神表示催促。

田端慎選字眼地緩緩回答：

「首先，高瀨太太的服裝打扮變得花俏。我剛剛也說過高瀨太太的氣質很好，我從沒看她穿過原色調的鮮豔服裝。嚴格說起來，高瀨太太原本大多是穿著顏色樸素的衣服，後來卻開始穿起紅色或綠色那種大大敞開胸口的低俗服裝。」

或許是覺得自己的用詞太過尖酸，田端一副尷尬的表情改口說：

「她開始會穿大大敞開胸口的服裝。」

「您當時覺得高瀨太太為什麼會這樣？」

「我反對！」

開庭到現在，佐方第一次開口說話。

「我認為沒必要詢問證人的推測想法。」

真生維持看著佐方的姿勢，向寺元提出請求：

「高瀨夫婦的夫妻關係與本案件有極深的關聯。剛剛詢問證人的問題十分重要，可延伸到本案件的動機。那會是從證人的體驗所取得的意見，我認為具有正當理由。」

寺元看了看右陪席法官，再看了看左陪席法官，兩位陪席法官都點了點頭。

「反對無效，請檢方繼續發問。」

真生朝寺元輕輕低頭以表達謝意。

「針對剛才的問題，我再重新問一遍。您覺得任誰看了都覺得感情很好的高瀨夫婦……正確來說，應該是高瀨太太，她為什麼會有那樣的改變呢？」

「我覺得應該是那場事故吧。」

田端又開始吞吐起來。

「那場事故是指什麼呢？」

田端用著幾乎快要聽不見的微弱聲音回答：

「就是他們的兒子往生的那場事故。」

「您是指七年前的事故，對吧？」

真生補充說道。

田端點了點頭。

「就是他們兒子往生的交通事故。他們的兒子從補習班要回家的路上被車撞了，那孩子當時還只是個小學生而已。高瀨夫婦倆悲傷到了極點，畢竟他們就只有這麼一個兒子。那孩子很開朗，看到人也都會主動打招呼。」

「您認為高瀨太太會改變是因為兒子過世的關係嗎？」

或許是緊張過度而開始覺得疲累，田端一副想要早早結束證人應訊的模樣加快說話速度說：

「聽說那場事故是他們的兒子有錯，但他們夫婦倆想必難以接受吧。有一段時間他們積極在收集目擊情報，也在街頭做過連署簽名活動，但不管怎麼做，也不可能換回兒子。事故發生後沒多久，高瀨太太曾經跟我吐露過。她說要是自己親自去補習班接孩子就好了，還說如果去補習班接孩子，那孩子就不會被撞死。」

田端露出難過的表情垂下眼簾。

「當時我安慰高瀨太太說事情已經發生，再懊惱也於事無補，但其實我非常能夠體會她的心情。如果換成是我，想必也會有一樣的想法。如果我家老公也跟高瀨先生站在一樣的立場，即使沒有說出口，內心肯定也會責怪我。我在想高瀨先生應該也是一樣的心情吧。這種心情就算沒有表現出來，對方也感受得到，不是嗎？應該是這樣的心情導致他們夫婦倆的隔閡越來越大，最後高瀨太太就忍不住鬧彆扭起來。」

「您的意思是鬧彆扭到最後，就穿起了花俏的服裝，是嗎？」

看得出來田端猶豫著不知道該怎麼回答，吞吞吐吐的田端以眼角餘光看向被告席。不知道是心情不佳，還是不願意和田端照面，被告低著頭用手帕掩住嘴巴。被告看起來臉色很差。

田端一副下定決心的模樣抬起頭，直直看向前方。

「我認為高瀨太太有外遇。」

真生歪著頭看向田端說：

「為什麼您會這麼認為呢？」

「如果只是服裝變得花俏，我可能會覺得是服裝上的喜好有所改變，但一個以前都不會晚上在外面走動的人，卻變得每天晚上到處去喝酒。我聽過好幾次高瀨先生在大聲責怪太太晚歸。」

「您有聽到爭吵的內容嗎？」

田端揉著手上的手帕，一副扭扭捏捏的模樣。

「我不是想偷聽才聽到的喔！我是因為來福一直低吼，才會打開窗戶想叫來福安靜一點，結果就聽到了。」

「請問您聽到了什麼內容？」

「像是『妳這麼晚才回家，到底去做了什麼？』、『妳是不是在外面有男人？』之類的。」

「高瀨太太怎麼回答呢？」

「她很大聲地說一些什麼他比你好太多了之類的話，還說要離婚跟對方在一起。」

「聽到高瀨太太這麼回答，您心裡怎麼想？」

「我反對。」

佐方第二次表示異議。

「證人的想法和作證主旨並無關聯。」

寺元認同佐方的反對說：

「請檢察官換別的問題。」

真生點點頭說：

「我換個問題。田端太太，您可以篤定高瀨太太真的有外遇嗎？」

田端噤口不語，法庭的審理動作停頓下來。

真生搭著田端的肩膀，表現出諄諄教誨的態度說：

「您的證言會是可針對本案件做出公正判決的線索之一。公正判決不僅能為死去的被害人帶來最大的冥福，對於被告接下來的人生之路來說也是絕對少不了的。您必須說出事實，才能公正地嚴懲犯罪行為。」

田端一直沉默地豎耳傾聽真生的話語。這時，她緩緩抬起頭，一副下定決心的模樣直直凝視著真生說：

「高瀨太太真的有外遇，她曾經來找我商量過。」

「商量什麼事情呢？」

暫時停頓下來的審理動作重新展開。

「不知道聽到幾次爭吵後的隔一天，高瀨太太跑來我們家。她一走進玄關就哭了起來，還問我是不是有聽到昨天晚上的吵架聲音。如果一直讓高瀨太太站在玄關哭個不停也很頭痛，所以只好請高瀨太太進到屋內，好好聽她說話。那時高瀨太太親口告訴我她跟自己丈夫以外的男人在交往。高瀨太太說她是認真的，還說想要離婚才能跟對方在一起。可是，對方似乎沒有那樣的意願。高瀨太太說她很痛苦，不知道該怎麼辦才好。我看高瀨太太一臉想不開的表情，就覺得她真的是認真的。」

真生繼續發問：

「聽到高瀨太太說的話之後，您怎麼回答呢？」

「我跟她說『妳現在只是一頭熱，所以看不清身邊的事』。我還要她冷靜下來，讓腦袋清晰一點。」

「結果高瀨太太的反應如何？」

「可能是哭了好一會兒後，變得比較冷靜，喝完茶之後，她跟我說不好意思吵架吵到我們，也謝謝我願意聽她傾訴，後來就回去了。」

田端一臉悲傷的表情閉上眼睛。

「高瀨太太是一個老實人，我想這次會這樣也是因為太過於鑽牛角尖。」

法庭上一片鴉雀無聲。

真生把視線轉向寺元說：

「我沒有其他問題了。」

4

餐桌上有一封信件。

光治不知道反覆讀了那封信件多少遍，一直想著會不會是自己看花了眼。他再次拿起那封寄來的文件，掀開折成三等分的紙張。不論讀了多少遍，紙張上的內容還是沒有改變。

文件上寫著殺死小卓的加害人的處分內容。那是光治向地檢署提出申請的文件。

文書內容以「通知」兩字起頭，在列出代表案件編號的案號以及「涉嫌車禍過失致死案件」的罪名之後，述出處分內容。

『處分內容：針對前述涉嫌案件，已於平成十五年十一月二十日做出不起訴處分，特此通知。』

光治在做完小卓的頭七後，回到工作崗位上。

事實上，光治根本不在乎工作。他只想專心思考小卓的事情。然而，現實不允許光治這麼做。病患等著光治為他們看病，診所不可能說要關閉就關閉。光治坐在看診室的椅子上，幾乎是無意識地工作著。

小卓遇上的車禍在隔天的早報上被報導出來。報導內容只占了地方新聞版面的一小角落。報導內容沒有寫出對方的姓名，只指出是某建設公司的董事長。從報紙得知車禍消息後，護理師和熟識的病患打從心底為高瀨家遇上突如其來的不幸事件感到心疼。當中甚至有一位年長的女子在看診室裡哭了出來。女子表示自己以前也因為車禍而失去孩子，女子或許是想要安慰光治，也或許是想要說一說自己的不幸遭遇。只不過，對光治來說，不論前者或後者都是一種困擾。

交通事故所造成的死亡人數一年超過五千人以上。一個月有四百人以上因交通事故而死。然而，對光治和美津子而言，這些事實都與他們無關。管它是死了幾百人或幾千人，都比不上無人可取代的唯一兒子——小卓之死。失去小卓的悲痛是只屬於身為父母的光治和美津子的悲痛。他們根本不需要別人來安慰，更不願意與人互舔傷口。

發生車禍的隔天，光治得知撞死小卓的加害人身分。對方保險公司的人員來到光治家時，告訴光治加害人名叫島津邦明，今年五十一歲。他是當地建設公司的董事長，同時也是縣政府公安委員會的委員長。

聽到島津身分的那一刻，光治心中升起一股不好的預感。公安委員會是負責監督地方警察的行政機關，與警察的關係緊密，雙方甚至可以說是自家人。就算不願意，平常也會在新聞報導上聽到政治人物掩蓋自家人犯罪行為的案件。只要島津有那念頭，他想要行使身為公安委員長的職位權力來扭曲這次案件的真相，也不是不可能的事情。

後來，光治向地檢署提出上訴狀。光治以前曾看過案件的被害人家屬，向地方法院提出上訴狀的新聞報導。這次車禍奪走了寶貝兒子的性命，妻子美津子也因此受到精神打擊，導致每天食不下嚥、夜夜難眠，日常生活受到莫大的影響。身為父親的光治本身也因為心靈受創，甚至難以執行職務，光治在上訴狀中一一列出這些事項。除此之外，光治也寫出車禍當時的唯一目擊者，也就是小卓的友人已提供加害人闖紅燈以及酒駕的證詞，最後以「懇求嚴懲加害人」做結。

如果是闖紅燈加上酒駕，就算警方再怎麼想要袒護自家人，想必也無法袒護到底。對方勢必會受到懲處。光治這麼想，但為了以防萬一，還是決定事先採取所有可採取的手段。連上訴狀都提出了，對方勢必會遭到起訴。光治如此深信著。然而，光治想得太天真了。

光治等了再等，就是等不到島津被起訴的通知。光治怒氣難消地向檢方申請啟動被害人等通知機制，要求發出事件處分結果通知。車禍後過了將近半年，光治才收到地檢署的通知。

看見不起訴加害人的字眼後，光治整個人愣在原地。美津子發現光治的反應不對勁，粗魯地搶走光治手中的信件。美津子的視線追著信件上的文字跑，臉色漸漸變得鐵青。讀完所有內容後，美津子露出猙獰的表情對著光治大吼：

「為什麼不起訴？不起訴不就代表這男的沒有過錯！賠償金也只是保險公司要出錢而已。就算被吊銷駕照，過了一段時間後早晚還是可以重考。報紙甚至沒有報出對方的名字！這男的明明奪走了一條活生生的性命，卻可以像什麼事情都沒發生過一樣繼續過日子！這樣小卓豈不是白白送了命！哪有這種蠢事！」

美津子邊哭泣，兩隻手邊使力捶打餐桌。光治出聲要美津子住手，但美津子還是不停捶打著。美津子帶著怒氣揮下拳頭，那力道之大，讓光治不禁擔心起可能餐桌還沒被打壞，美津子的手就先骨折了。

光治從身後緊緊抱住她，試圖讓她停下動作。然而，美津子還是沒有停下來。美津子扭動著身軀，想要甩開困住她的手臂。調味料和筷子筒從餐桌上滾落。醬油灑落一地。光治在死命掙扎的美津子耳邊拉高嗓門。

「沒錯！怎麼會有這種蠢事！不應該有這種蠢事的！明天我就去地檢署一趟！我會去地檢署搞清楚為什麼會是不起訴？視狀況而定，如果有必要露面我就會露面。我不會讓小卓白白送命的！他休想讓事情就這樣結束！我會讓他為自己的罪行好好付出代價的！所以，妳別再這樣發狂了！小卓……」

光治加重抱住美津子的手臂力道。

「小卓在看著我們。」

美津子停止掙扎。她緩緩轉過身子，看向光治背後的小卓靈桌。淚水從美津子的雙眼溢出。甩開光治的手，衝向靈桌前緊緊抱住被白布包起的盒子。盒子裡裝著小卓的骨灰，因為美津子希望擺在身邊，所以沒有放進納骨塔。

「小卓……」

美津子呼喚兒子的聲音以及嗚咽聲響遍室內。光治撿起掉在地上、被醬油弄髒的文件。光治重新讀一遍文件內容，情緒隨著「不起訴」三字劇烈起伏。

為什麼不起訴！

光治在心中吶喊。

島津應該要被貼上剝奪孩童性命的罪人標籤，承受世人的批判責難，一輩子背負著罪名過日子。為什麼明明如此，他卻沒有受到懲處？

島津得知不起訴的消息時，會怎麼想呢？他會不會是鬆口氣地放下心中的大石，搞不好還跟家人或朋友舉杯慶祝？他是不是吃了一頓美味大餐，躺在床上安穩入睡？

發生車禍後，島津連來上一根香也沒有。別說是前來謝罪，就連一封道歉信也沒有。從頭到尾只有保險公司的人員來過光治家，而且保險公司那男人也不懂為光治這方的立場設想，只知道單方面地討論金額問題。光治揪住那男人的胸口大吼：「誰在乎錢的問題！你去把那個害死小卓的傢伙給我帶來這裡下跪！」光治把那男人趕了回去。然而，在那之後，那男人也沒再現身了。

憤怒情緒從光治的體內深處湧了上來。光治活了四十三年，第一次體驗到這樣的情緒。他第一次知道原來存在自己體內的憤怒情緒，可以大到讓人心生想要殺死對方的念頭。

光治使力撕碎通知書。

他在心中怒吼：「那傢伙到底說了什麼樣的口供？他休想就這樣得逞！」

隔天，光治等上午的看診結束後，打了電話到地檢署。光治告知通知書上的案件編號後，詢問必須經過什麼申請程序才能閱覽對方的筆錄。接電話的女子展現公事公辦的態度給了答案：

「針對不起訴處分的案件，原則上不能閱覽相關文件。」

光治一時以為自己聽錯了。

「我是被害人的父親耶！連被害人家屬都不能看是怎麼回事？」

為什麼明明是自己兒子被殺的事故，身為父母的人卻不能查看文件？為什麼明明事故原因是對方闖紅燈加上喝酒造成的過失，卻是不起訴處分？對方在警察面前說了什麼樣的口供？光治接二連三地發問。

「我有權利知道相關內容。」

對於光治的控訴，女子用毫無抑揚頓挫的語調回答：

「不好意思，規定就是如此。」

「世上有這麼不合理的事情嗎？」

光治與女子通了超過二十分鐘以上的電話。光治抱著除非得到可接受的說明，否則就不掛斷電話的打算。或許是感受到光治的執念，女子說了一句「在窗口排隊的民眾變多了，請您直接到窗口來詢問詳情」之後，便掛斷了電話。很明顯地，那是圖方便的謊言。

被掛斷電話後，光治本打算再撥打一次地檢署的電話號碼，但後來打消了念頭。依女子的應對態度看來，恐怕撥打再多次電話也一樣。就算直接前往地檢署控訴，也肯定只會吃閉門羹。光治告訴自己找地檢署也解決不了問題。

幸好診所今天下午休診，光治脫下白袍換上便服後，去停車場坐上自己的車子。光治開上高速公路，準備前往縣警局。光治心想既然找地檢署行不通，就直接找警方控訴。

在停車場停好車子後，光治直接前往服務台。光治向服務台的女子告知案件編號，並表示希望與負責案件的警官見面。女子要求光治出示身分證明，並填寫申訴的申請表格。表格上有申訴人的姓名地址，以及申訴內容的欄位。填寫好所有欄位後，光治粗魯地把表格塞回給女子。

「這是賠上一條性命的案件。不僅如此，還有目擊者證實是闖紅燈加上酒駕造成。為什麼明明如此，卻是不起訴處分？請問對方說了什麼口供？」

光治以近乎怒罵的聲音問道，大廳裡的人們目光紛紛集中過來。光治毫不在乎地繼續控訴：

「我要知道當初做了什麼樣的調查！請立刻把負責案件的警官帶到這裡來！」

儘管被光治的氣勢壓倒，女子還是做出指示，要求光治在沙發上等候。光治沒有坐上沙發，而是一直站在服務台前方看著女子如何應對。女子一臉困擾的表情拿起話筒撥打分機號碼。

「不好意思，我這裡是服務台。」

有人接起了電話。女子告知對方案件編號，並說明狀況。在那之後，女子一直保持著沉默，光治猜想應該是對方要女子稍作等候。後來，女子含糊地附和了好一會兒後，說一句「我知道了」便掛上話筒。女子一副感到過意不去的模樣開口說：

「真的很抱歉，依規定除非有特殊事由，否則民眾是不能與負責警官見面的。」

面對與地檢署如出一轍的應對態度，光治全身的血液衝上了腦門。光治在服務台上探出身子，逼近女子說：

「特殊事由是指什麼？被害人的父母要求查看事故細節，這不算特殊事由算什麼？」

女子往後縮起身子說：

「依規定，我們不能接受民眾個人的請求。而且，如果是對檢方的決定有所不服，就不應該是來找警方，請您向適當單位提出申請。」

「適當單位是哪個單位？妳是要我去找檢察審查會（註4）的意思嗎？那麼做最後也只是白費工夫！」

光治的怒罵聲在服務台響起。

註4：檢察審查會是日本於一九四八年公布施行檢察審查會法而存在的制度，其目的是為了建立檢察制度的國民監督機制。目前，日本全國已有二〇一個檢察審查會設置於地方法院以及主要的地方法院分院。有超過五十萬人被選任為檢察審查員或補充員，在檢察審查會議中監督檢察官之不起訴處分。

光治是透過報紙等媒體得知有檢察審查會這樣的機關。雖然檢察審查會是一個當民眾對於案件被判定不起訴有所不服而提出要求時，可配合審查該判定是否妥當的機關，但事實上，檢察審查會所做出的決議並不具有約束力。對於是否起訴其審查案件，還是交由檢察官來決定。即使審查會做出決議認為是「不當之不起訴案件」，還是有不少案件依舊以不起訴收場。媒體時而也會拿「檢察審查會是否具有意義」當話題來報導。然而，就目前來說，並未找出可打破窘境的明確對策。

更何況這次案件，身為唯一目擊者的直樹證詞並未得到認同。在沒有明確證據可以證明嫌疑犯闖紅燈衝進十字路口之下，就算向檢察審查會提出申請，也不可能取得「不當之不起訴案件」的決議。在如此現狀下，即使向檢察審查會提出申請，島津會被起訴的可能性也幾乎等於零。總之，現在應優先採取的動作是閱覽撞死小卓的島津說了什麼口供，查出事實為何會被扭曲。

光治抱著這般想法在服務台上探出身子說：

「負責案件的警官在裡面吧？妳只要想辦法把他帶來這裡就好。後續我會自己問那個警官，不讓我見到那個警官，我就不離開這裡。」

愛湊熱鬧的人們在遠處圍起人牆看著光治的舉動。女子一直重複相同話語，試圖說服光治。即便如此，光治還是不肯讓步。光治極力反駁女子，要求女子把負責的警官叫來。

女子原本一直致力於保持冷靜，就在她的口氣也開始顯得不耐煩時，局裡的警官從通道最深處跑了過來。

兩名警官左右夾住光治，從兩側架起光治的手臂。
光治不由得叫了一聲。
兩名警官試圖以蠻力把光治這個擾人的訪客帶到門口去，光治甩動手臂抵抗。
「放開我！快讓我見負責的警官！除非讓我見到那個警官，否則我是不會放棄的！」
「不要亂動！」
警官大聲喊道。
光治和警官扭打成一團時，背後傳來低沉的聲音：
「放開他吧！」
警官停止了動作。
光治轉向後方一看，看見一名男子出現在眼前。男子看起來已經五十好幾，身上的西裝鬆垮發皺，領帶打得歪七扭八，還留著半長不短的黑白相間鬍鬚。男子的模樣看起來就像剛睡醒不久。
光治看見男子的西裝胸口別著名牌，名牌上寫著「丸山」兩字。
光治狠狠瞪著男子看。
「你是誰？」
被人詢問身分後，男子不是報上姓名，而是道出自己的立場：
「我是你想見的那個人。」
原來就是這傢伙！

光治心想，直直凝視著丸山。

服務台的女子衝向丸山說：

「丸山先生，您這樣我很難交代。」

很難交代——女子的發言讓光治的腹部深處燃起一股熱火。原來不論有沒有照程序走，警方打從一開始就沒打算讓光治見到負責案件的警官。

「無所謂，我會負責。」

丸山答道。

架住光治手臂的兩名警官稍微放鬆了力道。光治趁機從兩名警官的手中抽出手臂，衝向丸山說：

「你就是負責案件的警官？」

「沒錯。」

光治把臉貼近丸山，貼近到鼻尖就快碰觸到丸山的臉。

「既然是你負責的，那你應該很清楚我兒子的車禍明顯是對方的過失。為什麼這樣還會不起訴？你們警察到底做了什麼調查！」

丸山看著光治，面無表情地回答：

「那場車禍的原因不是對方的過失，是你兒子闖紅燈。」

光治一臉愕然。

「你說是小卓闖紅燈？」

丸山第二次還是給了一樣的答案。

「沒錯，是你兒子的過失。」

愚蠢至極的答案讓光治不由得發笑。

「是對方這麼說的嗎？對於這麼容易識破的謊言，你們警察也都照單全收嗎？」

小卓上幼稚園時曾遇過車禍。小卓走在路上時，被一輛從旁邊衝過來的輕型轎車直接撞上。原因是對方沒有注意前方，雖然當時很幸運地只受到擦傷和撞擊傷，但車禍的可怕在小卓心中留下深刻的印象。那場車禍之後，小卓注意來車的態度甚至到了神經質的地步——小卓根本不可能闖紅燈！

光治朝丸山大吼：

「小卓不可能闖紅燈！」

丸山依舊面不改色，他態度冷漠地否定光治的控訴。

「當時正在下雨，你兒子急著要回家，也是有可能沒有注意到紅綠燈。」

「那條路是小卓到補習班上下課必經之路，他不可能沒有注意到紅綠燈。」

丸山搔了搔鼻頭，一副不感興趣的模樣。看見丸山失禮的舉動，光治渾身怒火沸騰。光治猛力揪住丸山的胸口。

「難道醉鬼說的話，警察也都會相信嗎？」

兩名警官準備採取行動制伏光治時，丸山以眼神制止了兩人。丸山保持被揪住胸口的姿勢，對著光治說：

「對方沒有喝酒。」

「什麼！」

「對方根本沒喝半滴酒。」

光治整個人愣住。

「你說他沒有喝酒？」

「沒錯。」

光治激動地甩著頭。

「你開什麼玩笑！有目擊者在場耶！目擊者也證實當時這方確實是綠燈，對方是紅燈，還說走下車來的男人嘴巴發出酒臭味。很明顯地，對方是酒駕。為什麼現在會變成沒有喝酒！」

「你說的目擊者是那個說是被害人朋友的孩子吧？發生事故後，我們做了筆錄，但那孩子的記憶模糊，缺乏可信度。而且，事故後針對對方的調查紀錄當中，也沒有寫到飲酒的事實。」

光治頓時感到臉部發燙。

「因為對方是公安委員長，你們才會袒護他，不是嗎？」

「跟那無關。」

看見丸山佯裝不知情的態度，光治更加用力揪緊丸山的胸口。

「你們都是一夥的！只想著要袒護自家人！幫公安委員長解圍，可以拿到什麼好處啊！你們作假帳，想請公安委員長睜一隻眼閉一隻眼嗎？還是接到市民的控訴，想請公安委員長幫你們私下搞定啊？」

丸山沒有抵抗，低頭俯視著光治。丸山連動一下眉毛也沒有的態度，簡直就是在光治的怒火上添油。光治使出全力，朝丸山的側臉揮下拳頭。

丸山隨之倒在地上。

一名湊熱鬧的女子發出尖叫聲。警官大喊：

「還不快住手！小心我以傷害罪的現行犯逮捕你！」

警官硬是把光治從丸山的身上拉開。丸山在地板上坐起身子，用手背擦拭嘴角。

「很痛耶。」

丸山的手上沾著鮮血。他慢吞吞地站了起來。

「揍我一拳你滿意了嗎？滿意就快回去吧！」

「不逮捕他嗎？」

其中一名警官驚訝地問道。丸山一邊隨意調整歪曲的領帶，一邊回答：

「警察反遭怨恨是常有的事。每來一個就逮捕一個，拘留所一下子就客滿了。」

反遭怨恨。

聽到這四個字後，光治準備再次撲向丸山。

「誰說你是反遭怨恨了！是你們沒有說實話！你們聯手起來把責任推給我兒子！」

警官以蠻力制止了光治。局裡的其他人聽到吵鬧聲，紛紛聚集過來。當中有名男子一看就知道屬於管理階層。他身穿剪裁細緻的西裝，腳上的黑色皮鞋擦得光亮。男子的裝扮和丸山正好形成強烈的對比。

「鬧哄哄的在做什麼！」

男子大喊道。看到丸山的身影後，男子的表情變得嚴肅。

「你為什麼會在這裡？」

男子接著看向服務台的女子。女子搖了搖頭，不知道在否定什麼。

「我完全照著課長的指示……」

女子說到一半，有所警覺地閉上嘴巴。

光治明白了狀況。就是這個男人發出指示，不讓光治見到丸山。

光治朝男子走去。他打算用方才毆打丸山的拳頭，也揍男子一拳。男子嚇一跳地往後退。

丸山朝警官大喊：

「立刻把那男的轟出去！」

警官加重力道抓住光治的手臂，強勁的力道把光治往後方拉了回來。

「放開我！」

原本圍成人牆的湊熱鬧人群讓出路來，警官使出蠻力拉著光治朝出口走去。不知道是否被光治的氣勢嚇倒而覺得失面子，男子漲紅著臉怒吼：

「等一下！丸山，引起騷動的罪魁禍首是那傢伙吧！都鬧成這個樣子，你還要放他走？」

聽到男子的怒吼聲，警官停下腳步。丸山怒吼催促警官的腳步：

「還不快點把他拉出去！」

在丸山的氣勢壓倒下，警官乖乖順從指示。

光治扭動身軀劇烈掙扎著。然而，光治當然敵不過平常以柔劍道在鍛鍊身體的對手，沒兩三下就被拉了出去。

踏出門口時，警官從光治背後推了一把，推動的力道使得光治撲倒在地。光治立刻站起身子大喊：

「事情還沒有結束！」

光治準備走回縣警局時，丸山擋在他的面前。丸山站在樓梯上方，低頭俯視光治：

「如果你被逮捕了，你太太怎麼辦？」

光治有所驚覺地停下腳步。

「要是你不在了，你太太就會變成孤零零一人。這樣你也無所謂嗎？」

光治的腦海裡浮現美津子的憔悴身影。隨著日子一天一天過去，美津子的情緒越來越失落。不論看見什麼，美津子都會想起小卓而悼念不已，最後痛哭失聲。有時她還會望著小卓的遺像，低喃說：「小卓在另一個世界很寂寞，我也去陪他好了。」光治心想如果自己好幾天不在家，難以想像美津子會做出什麼傻事。光治告訴自己現在不應該離開妻子的身邊。

光治無力地垂下緊緊握住的拳頭。丸山隨即轉過身子。

「在這裡又吵又鬧，對你一點好處也沒有。信我一句，快回去吧。」

丸山留下這段話後，往縣警局走了回去。警官也跟在後頭走回縣警局。

光治獨自被留在門外，憤怒以及不甘心的情緒使得他全身顫抖，有好一會兒時間只能杵在原地不動。

不過，光治並沒有放棄。因為明確看到警方試圖掩蓋自家人醜聞的企圖，反而讓光治想證明小卓無罪，好讓對方受懲罰贖罪的決心更加堅定。

光治先從尋找目擊者著手。他認為只要找到直樹以外的目擊者，就能查明車禍的真相。

光治在車禍現場張貼印上小卓照片和事故細節的海報，也在街頭分發印上「尋找目擊者」字眼的傳單。白天由美津子負責上街頭，晚上則交棒給光治負責。

路上行人的反應各有不同。有人會表現出憐憫的態度帶回傳單，也有人會一副不感興趣的模樣揮手拒絕。

一面尋找目擊者，光治也同時思考要提出民事訴訟。這麼做是為了取得事故相關文件。光治讀了民事訴訟的相關書籍和交通事故被害人的手札後，得知只要提出民事訴訟，就有機會取得事故相關文件以作為參考資料。

光治最想取得筆錄。被趕出警局後隔沒幾天，光治又去了一趟地檢署。再去地檢署是為了閱覽讓小卓送命的那場車禍的事故現場調查紀錄。雖然無法閱覽筆錄，但如果是事故現場調查紀錄，只要支付少額的手續費，即可閱覽或複印。

事故現場調查紀錄等於是事故現場圖，記錄著發生事故後的現場痕跡。好比說，滑痕、胎痕、血跡或煞車痕。在調查交通事故上，事故現場調查紀錄可說是關鍵的重要文件。光治思考著或許可在這份重要文件裡找到證實小卓清白的線索。然而，事務官拿來的事故現場調查紀錄簡直就像小孩也畫得出來的塗鴉。對於島津在事故現場所做的口供內容，也是以條項形式簡單呈現，並沒有寫出細節。

並非所有事故現場調查紀錄都會根據事實詳加記錄。有的事故現場調查紀錄會正確測量從作為記號的電線桿到住家外牆的距離，並且明確標出位置，有的則是不僅沒有畫出位置關係，甚至連一張現場照片也沒有。小卓的事故現場調查紀錄屬於後者，光靠這份文件無法掌握事故詳情。

果然還是必須有島津的筆錄才行。只要取得島津的筆錄，就能知道島津向警方說了什麼樣的口供，也可得知警方做了什麼樣的調查。只要能確定島津和身為目擊者的直樹證詞有所出入，或者確定是一份錯誤連篇的調查紀錄，或許地檢署會願意重新展開調查也說不定。

光治抱著這般想法向律師提出諮詢，律師卻板著臉告訴光治想要提出訴訟會有困難。民事訴訟主要是以與財產或身分關係有關的糾紛為對象，以小卓的事故例子來說，對方有意願支付賠償金，所以沒有理由挑剔；不僅如此，如果想要提出訴訟，必須針對在法庭上的爭議點找出相關重大事實，並且提出可證實該重大事實的證據。若是做不到這點，想要提出訴訟極其困難。

這次事故在法庭上的爭議點就在於事故是加害人的過失所導致，而被害人並無過失的事實。可是，只有直樹的證詞能證實這個事實。光治向律師這麼做了說明後，律師回一句：「只有缺乏物證的目擊證詞是無法提出訴訟的。我們家事務所沒辦法接受委託，您還是另請高明吧！」律師最後還不忘向光治收取諮詢費。

在那之後，光治找過幾位律師，但都是得到相同的回應。

在差不多找到第三位律師時，光治開始覺得不對勁。光治發現不論找哪一位律師，每個人的態度都顯得過於冷漠。就算是再難證實清白的事故，提供諮詢時好歹也應該表現出一些為對方貼身設想的態度吧？不過，在找到最後的第七位律師時，律師說出的一句話讓光治終於明白為什麼會覺得不對勁。

那位年邁律師看見光治低著頭提出委託請求時，說了一句：「不管去找哪個律師都沒用的，我勸你還是死心吧！」光治詢問原因後，年邁律師回答：「長年從事律師這工作，總會遇到形形色色的事件或事故。其中包含了比起事件本身，真正問題是出在對方身上的狀況。這類狀況很難解決，畢竟大家都會因為害怕對方而不敢出手。」

光治一時還以為自己聽錯了。年邁律師的意思就是「對方很難搞，我勸你還是死心的好。」年邁律師想必是看見光治白跑一趟，出於親切才想要讓光治死心。然而，這對光治來說，只會帶來反效果。島津和警方行使權力，試圖抹滅對自己不利的事件，如此卑劣至極的做法讓光治心中升起另一股怒火。想到兒子遭人誣賴被冠上過失的罪名死去，光治感到心疼不已。

光治不死心地思考著最終手段，也就是提出告訴。光治打算向警方和檢方提出申請，要求重新進行調查，並處以對方刑罰。然而，就跟民事訴訟一樣，提出告訴也必須有可證實是對方過失的證據，否則提出申請也不會被受理。

在這個當下，光治找不到手段可以洗清小卓的烏有罪名。不過，光治並沒有放棄。不，應該說光治無法放棄。只要有可能成為證據，哪怕是什麼蛛絲馬跡都好，只要找得到蛛絲馬跡，就有可能成功提出告訴。光治如此篤信著，持續尋找目擊情報。尤其是在與發生車禍那天一樣的下雨天，光治更是竭盡所能地擋下車子，積極分發傳單。然而，光治一直沒能尋得有力的目擊情報，唯有時光一點一滴地流過。

隨著時間經過，甚至不記得發生過車禍的人越來越多。日子一天一天地過去，光治越來越常遇到行人納悶地歪著頭說：「有發生過這樣的車禍嗎？」發生事故當時熱心協助的學校家長們也一個接著一個減少，等過了第一年忌日時，連個影子也沒有。

雖不知是好是壞，但人們的情感總是無法持久。

在光治身上也看得到這點。就算抱有再強烈的情感，如果經過漫長的時間仍無法實現願望，內心也會升起絕望感，絕望感會讓人死心。在事故發生後第三次遇到梅雨季時，光治內心也開始萌生近似死心的情感。

美津子也一樣。在一片鴉雀無聲的客廳吃晚餐時，美津子突然筋疲力盡地放下筷子，低喃說：「已經沒用了。」「什麼東西沒用了？」光治這麼詢問後，美津子低下頭回答：「繼續這麼做下去也沒用，根本沒辦法幫小卓洗清汙名。在路上發傳單一點意義也沒有，小卓會就這樣永遠被冤枉下去。」美津子情緒激動地哭了起來。

沒那回事的，一定會有目擊者出現的。世上怎麼可能允許那麼不合理的事情發生，絕對不能輕言放棄……如果是在發生事故當時，光治還能夠這麼鼓勵美津子。然而，隨著時間經過，甚至是光治自身聽到自己說出的安慰話語，也會覺得虛假。光治心中的另一個自己在對他說：「美津子說得沒錯，繼續發傳單也沒用。再怎麼奮力掙扎，真相也會被警察的權力埋進深不見底的泥濘裡，永不見光。可能沒辦法幫小卓洗清汙名了。」

直到迎接小卓的第七年忌日——

5

真生望著站上證人席的女子。

女子留著一頭均勻染上栗色的頭髮，整整齊齊地盤在腦後。稍嫌過胖的身軀裹著質感高尚的套裝，頸部和耳朵垂掛著看起來就顯得昂貴的飾品。看得出來女子擁有豐沃的財產和時間，正在享受餘生樂趣。

真生喊了女子的姓名：

「宮本良子女士。」

宮本微微歪著頭看向真生。

「請問您什麼時候第一次見到被告人和被害人？」

真生開始進行詰問。宮本用穩重的口吻回答：

「去年七月。」

「請問是在哪裡認識的？」

「在我們以前上課的陶藝教室。」

「島津陶藝教室，對吧？」

宮本點了點頭。不僅說話口吻，宮本的動作也顯得穩重。真生繼續發問：

「您剛剛說以前上課的陶藝教室，意思是現在已經沒有在那裡上課了嗎？」

「是。」

這麼回應一聲後，宮本用力點了點頭。

「在發生這樣的事件後，我實在沒什麼心情繼續上課，而且我先生和小孩也都勸我不要再去上課。」

宮本一副感到萬分遺憾的態度。

真生低頭看向手邊的文件。

「以前在教室的時候，他們兩人的相處狀況如何呢？」

原本低著頭的宮本抬起頭說：

「很親密的感覺。」

「親密的意思是？」

宮本看向真生，那眼神彷彿在說：「妳連親密的意思都不懂嗎？」

「意思就是感情很要好。」

「您的意思是和其他學生比起來，他們兩人的相處狀況明顯不同，是嗎？」

真生做了簡單易懂的解釋。

「沒錯。」

宮本看似滿意地露出微笑。

「請您詳細說明一下狀況。」

宮本緊緊握住手中的蕾絲手帕，直直看向前方說：

「那時候島津老師特別關心美津子小姐。一開始我心想應該是美津子小姐很好學，所以老師才會也想好好回應學生。不過，從某個時間點我開始覺得不是那麼回事。」

真生停頓一會兒，才反問說：

「您這話是什麼意思呢？」

宮本一副難以啟齒的模樣，語氣含糊地開口說：

「意思是我覺得他們兩人可能不是老師和學生的親密關係，而是男女之間的親密關係。」

「為什麼您會有這樣的想法呢？」

宮本的雙眼變得炯炯發光。

「因為我親眼看到了。」

「您看到了什麼？」

「我看到美津子小姐用膝蓋磨蹭老師的膝蓋。」

感覺得到法庭裡的人們一齊屏住了呼吸。

真生輕輕搖了搖頭，做出否定的舉動。

「有可能只是恰巧碰到腳也說不定。」

或許是自己的證詞被否定而感到不悅，宮本毫不掩飾地皺起眉頭。

「我還看到過其他各種狀況。像是美津子小姐去摸島津老師的手，或是島津老師在美津子小姐的耳邊不知道偷偷說了什麼之類的。如果要一一列舉出來，我看恐怕說上三天三夜也說不完。」

宮本接續說：

「而且，人和人之間都會保持一定的距離。或許平常不會特別意識到，但每個人都會很自然地計算出要和對方保持多少距離，不是嗎？可是，他們兩人之間不是那種與他人之間的距離。那距離近到會讓人覺得如果教室裡只有他們兩人，應該早就忍不住激情擁抱了。那不是老師和學生之間會有的距離，而是男女之間的距離。我看得出來的。」

宮本的最後一句話帶有「絕對錯不了」的篤信。

真生既沒有表示肯定，也沒有表示否定，她繼續發問：

「您還有其他根據可以斷言說他們兩人是男女關係嗎？」

「有。」

宮本斬釘截鐵地答道。真生以眼神催促宮本說下去。

「美津子小姐親口跟我說的，她說她跟老師在交往。」

「請您詳細做一下說明。」

宮本做了一次深呼吸。

「上完課後，美津子小姐和我還有幾個學生會在附近的咖啡廳一起喝茶聊天。我們雖然不會每次下課都去喝茶聊天，但差不多兩次當中會有一次吧。一開始大家都是閒聊一些無關緊要的事情，但有一次，有個學生因為美津子小姐和老師的感情要好，酸了美津子小姐幾句。像是『我看島津老師特別喜歡妳呢』、『妳們看起來那麼親密，簡直就像情侶一樣』之類的話。我在旁邊聽得心驚膽跳，畢竟那是大家都想知道答案，但沒有人敢問的事情。」

「這麼聽來，似乎不是只有您察覺到他們兩人的關係異常，教室裡的其他學生也幾乎都察覺到了，是嗎？」

宮本以堅定的目光看著真生說：

「要是有人沒有察覺到，那個人肯定是遲鈍到不行。」

真生保持面無表情的態度，用目光追著文件上的文字跑。

「請繼續發言。」

不知道是不是太亢奮，宮本的雙頰泛紅。她繼續提供證詞：

「老實說，當時我很興奮地等著美津子小姐回答。畢竟我還是很好奇他們兩人到底是什麼關係。美津子小姐喝了口茶，然後輕輕笑著回答。聽到她的回答時，現場所有人都嚇到了。」

真生抬起頭說：

「她回答了什麼呢？」

「她說：『唉呀，被妳們發現了啊？』」

「意思是說她承認了，是嗎？」

宮本微微歪頭思考一下後，回答說：

「應該吧。我記不太起來美津子小姐實際說了哪些話，但我記得她沒有否定。」

「這樣啊。」

真生低喃道。宮本繼續說：

「那時候大家也是好奇得不得了，一直追問美津子小姐，問她有沒有跟老師約會過，還是老公知不知道這件事等等的。尤其是佐佐木太太更是激動，整個身體都快趴到桌子上了。」

「佐佐木太太？」

真生第一次聽到有這號人物，於是詢問道。

宮本變得更加神采飛揚。

「佐佐木太太是陶藝教室的學生，她已經上了很長一段時間。佐佐木太太跟我一樣前陣子已經過了六十歲生日，但是她一直對島津老師抱有好感。她甚至跟我說如果對象是島津老師，要她出軌也願意。她那麼喜歡島津老師，島津老師卻沒有把注意力放在她身上，而是放在美津子小姐身上，她心裡應該很不是滋味吧。我看她那時候東問西問了一堆，連眼角都吊起來了。大家追問個不停的時候，美津子小姐始終面帶微笑聽著。那笑容該怎麼形容呢？可能是一種覺得自己身為女人還相當有魅力的表現吧。」

宮本滔滔不絕地繼續描述當時的狀況，真生心想宮本平常肯定也是這副模樣在談論別人的八卦。就在宮本越說越起勁時，審判長寺元插嘴說：

「請證人只針對被詰問的部分回答。檢察官，請換個問題。」

可能是總算察覺到自己的失態，宮本一副扭扭捏捏的模樣用手帕掩住嘴巴。真生朝寺元輕輕低頭行禮後，重新面向宮本。

「您當時看到那場面，心裡有什麼想法呢？您有覺得他們兩人的關係果然不尋常嗎？」

宮本用力點了點頭。

「要不是那樣，一個女人不可能會有那樣的表情。我看了很羨慕。」

「羨慕？」

真生從文件上抬起頭，露出訝異的表情看向宮本。

可能是已經忘了自己方才的失態表現，宮本用像在閒話家常的口吻回答真生說：

「妳不會羨慕嗎？美津子小姐和她先生過著兩人生活，她先生還是自己創業的老闆……啊！

我是在發生事件後才知道她先生原來是個醫生。不過，公司老闆也好，醫生也好，這兩種行業都不需要為金錢傷腦筋，不是嗎？生活過得富裕，也有錢上課培養興趣，還可以談戀愛。我心裡想她還真是個幸福的女人。我先生是公司董事，所以在生活上也是不愁吃穿，可是我有小孩，長輩也都還在。包括教育費和長輩的看護費用等等，該花錢的地方還是得花錢，不是嗎？從我這種立場的人來看，就會覺得美津子小姐過著美好的生活。我相信當時在場的所有人都跟我有一樣的想法。只是，我萬萬沒想到美津子小姐會有這樣的遭遇，真是世事難料啊。我也有其他朋友乍看像是很有錢，但其實……」

可能是已經忘了自己不久前才被提醒過，宮本喋喋不休地說著根本沒有人問她的事情。如果沒有人出面制止，看宮本那樣子恐怕說上一整天也難不倒她。

寺元從座位上探出身子。真生看出寺元打算再度提醒宮本，於是趕在寺元開口之前，先制止了宮本。

「我的證人詰問到此結束。」

6

就在小卓的第七年忌日即將到來的某一天，美津子忽然說自己身體不適。

當時光治正在自己的房間裡看書，美津子走進房間，臉上帶著鬱悶的表情。

這陣子美津子已經不再像事故剛發生時那樣成天以淚洗面，但也不曾打從心底展露笑容。美津子總是表情黯淡地坐在客廳的沙發上。不過，美津子這一天的表情比平常更加灰暗。

光治詢問原因後，美津子表示背部很痛。光治幫美津子量了體溫，發現有輕微的發燒現象。光治詢問美津子從什麼時候開始出現症狀，美津子回答背部的疼痛感已經持續半年以上，每次開始感到背部疼痛時就會發燒，而這樣的症狀大概每隔一個月就會出現一次。每次發燒時都不會高燒不退，而是一直呈現輕微發燒的狀態，等過了約一星期後就會退燒。不過，到了隔月，又會開始發燒。

斷斷續續出現輕微發燒的現象不是什麼好事。當天光治先讓美津子服用家裡備用的退燒藥，便要求美津子上床休息。隔天一早，光治在開始看診之前，讓美津子在自家診所拍了X光片。

光治沒有當場讓美津子看X光的檢查結果。他騙美津子沖洗X光片需要時間，等他下班回家後再說明結果。

美津子一離開診所，光治立刻沖洗出X光片。當時還不到護理師們上班的時間，光治獨自在看診室裡看著美津子的胸腔X光片。

光治的不好預感成真。胸腔的中央出現白色影子，而且不算小，有十二×八公分那麼大。

光治立刻打電話給村瀨。村瀨是光治的大學同學，目前在大學附設醫院擔任內科醫師。

村瀨告訴光治會幫忙掛號，要光治帶太太一起去看診。光治回答村瀨會讓美津子獨自前往醫院。美津子的直覺敏銳，如果光治說要陪著一起去，美津子肯定會察覺到狀況非同小可。

光治這麼告訴村瀨後，村瀨詢問光治要如何處置診斷結果。村瀨的意思就是，如果是能夠靠藥物治療的疾病，那就老實告訴病患也無妨，但如果判斷出有可能攸關性命，該不該告訴本人就要看你的決定了。

光治請村瀨不要告訴美津子診斷結果，告訴村瀨不論診斷出什麼樣的結果，都一定要毫不隱瞞地向他坦承，等知道診斷結果後，他會自己思考如何向美津子開口。

聽到光治的回答後，村瀨回了一句：「收到。」掛斷電話之前，村瀨還告訴光治說：「有時候純粹只是疲勞所造成，你先不要往壞的方向思考。」

當天晚上回到家後，光治若無其事地勸美津子到大學附設醫院看診。突然被勸說到大醫院去看診，美津子想必感到十分迷惘吧。美津子露出不安的眼神看著光治。

光治硬是擠出笑容說：「比起我這個三流醫生，妳還是去給一個叫村瀨的優秀醫生看一看比較好。」美津子原本露出試探的眼神看著光治，但光治催促美津子準備晚餐後，美津子便進到廚房，沒再多說什麼了。

在小卓第七年忌日的前一天，光治接到村瀨的聯絡。也就是美津子去找村瀨看診的那天下午。光治確認過法事流程，做好事前準備後，正在自己房間裡休息時，手機鈴聲響起。光治早就在等著這通電話。光治接起電話後，村瀨連打聲招呼也沒有，直接要求光治盡快去找他了解狀況。光治當然知道一個醫生會表現得如此緊急代表著什麼意思。

光治感到臉部發麻，眼前的景象劇烈晃動。光治告訴自己要保持冷靜。

「狀況這麼糟嗎？」

光治壓低聲音問道，免得說話聲傳到走廊上去。話筒另一端一片沉默。光治猜想村瀨應該覺得很困惑，猶豫著該不該在電話裡說明狀況。光治告訴村瀨說：「我好歹也是個醫生，有口頭說明就能夠大致理解病狀。」

村瀨下定決心後，說出了病名。

胸腺癌。胸腺的位置從肺部延伸到心臟，其癌症發生率約占所有惡性腫瘤的〇・二％～一・五％，算是比較罕見的腫瘤。

有別於過往，如今已不是發現罹患癌症就等於被宣告死刑的時代。癌症已經慢慢演變成只要發現得早，就能夠完全治癒的疾病。不過，胸腺癌是難以完全治癒的疾病。即便動了外科手術，也會因為是布滿血管的部位，而難以切除所有腫瘤。做放射線治療時，也會因為被臟器遮擋而難以直射胸腺。不僅如此，美津子得到的胸腺癌屬於廣泛浸潤型，目前已確定轉移到了腎臟。

『總之，立刻安排妳太太住院，我會竭盡所能地給予治療。放心交給我吧！』

村瀨用著不允許對方表示任何意見的強勢口吻說道。就在這時，美津子打開房門走了進來。為了不讓美津子察覺到是村瀨打來的電話，光治隨便附和幾句便掛斷電話。

光治轉動椅子，讓自己面向房門說：

「怎麼啦？」

美津子低聲詢問：

「剛剛那通電話是村瀨先生打來的嗎？」
美津子果然直覺敏銳。情急之下，光治撒謊說：
「不是，我是在跟人家談公事。」
光治還沒有整理好思緒，不確定該不該讓美津子知道病情。光治為了不讓美津子察覺他內心的動搖，岔開話題說：
「妳是要跟我說明天第七年法事的事情嗎？」
美津子直直注視著光治的眼睛。那眼神像是試圖看出光治藏在眼底的情緒，讓光治不禁感到困惑。
「如果沒什麼事，就早點睡吧！明天會很忙的。」
光治別開視線，轉身背對美津子。
美津子從背後走近光治，光治準備回頭時，美津子把手搭在他的肩上。明明只是輕輕被搭肩而已，光治卻覺得肩膀沉重不已。光治轉身看向美津子，逆光之下，光治看不太清楚美津子的表情。
光治打算呼喊美津子的名字時，察覺到美津子露出微笑。
「直樹說他明天會來參加法事。」
聽到許久不曾聽到的名字，光治不由得瞇起眼睛。
「是嗎？他願意來參加啊。」

光治回想起小卓的摯友，也是車禍唯一目擊者的少年面容。光治的腦海裡浮現最後一次見到時的那個還是小學生的直樹身影。打從小卓的對年法事後，光治便沒再見到過直樹。

那場車禍奪走了小卓的性命，也同時在目擊者少年的心裡劃下一道深深的傷痕。看見摯友在自己的眼前喪命，使得多愁善感的少年心靈失去平衡，陷入情緒不穩。

在舉辦一周年忌法事時，光治才知道原來直樹正在接受心理醫生的治療。

當時光治看破警方和律師都無法信任的事實，正下定決心絕對要靠自己的力量替小卓洗清烏有罪名。

直樹和他的母親前來參加法事時，光治提出懇求，希望他們接下來也能夠幫忙一起替小卓洗清烏有罪名。直樹的母親把光治帶遠到馬路邊，低聲說：「拜託你不要再讓直樹參與這些事情了。」

照直樹的母親所說，直樹在發生車禍後對車子表現出異常的恐懼，也不敢一個人在外面走動。如果沒有人陪伴，直樹連上下學都有困難。直樹夜尿的次數頻繁，有時還會在半夜裡突然從床上跳起來大聲哭喊。

「我希望讓孩子淡忘那場車禍。」直樹的母親這麼告訴光治後，深深低下頭。

光治感到全身的血液衝上腦門。他有股衝動想要大喊：「妳只要自己的兒子沒事就好，根本不在乎小卓是嗎？」然而，看著直樹的母親深深彎下腰、肩膀不停顫抖的身影，光治還是把話埋進內心深處。

光治領悟到與車禍牽扯上關係的人沒有一個毫髮無傷。不只死者和死者家屬是被害人，目擊者和其家屬也是被害人。

身為父母，理所當然會把自己孩子的幸福放在第一順位，直樹的母親並沒有做錯事。如果換成是光治站在直樹母親的立場，他也會做出一樣的舉動。光治想要守護小卓的心情和直樹母親想要守護直樹的心情是一樣的，這麼一想後，光治也就無法反駁直樹母親什麼了。光治留下仍深深彎著腰的直樹母親，獨自沉默地走遠。

在那之後，光治不曾和直樹家族聯絡過，也沒有通知即將舉辦第七年忌日的法事。不過，光治心裡其實很希望直樹能夠來參加。光治希望身為小卓摯友的直樹能夠來見小卓一面，或許直樹感受到光治的這股意念也說不定。光治握住美津子的手。

「直樹會說要來參加法事，不知道是不是就表示他已經走出那場車禍的陰霾？」

美津子沒有回答光治的問題，而是回了一句：「小卓會很開心的。」美津子也使力握住光治的手，冰涼的觸感從美津子的手傳了過來。

隔天，小卓的過往摯友一身高中制服的打扮出現在儀式會廳。

直樹站在光治的面前，光治看見一個身高已經超越他許多的有為青年。不知道是不是參加了什麼運動校隊，直樹留著一頭短髮。

「好久不見。」

直樹低頭打招呼。聽到直樹的聲音後，光治感到一陣鼻酸，聽見直樹已經變聲，讓光治重新體認到六年歲月流逝的事實。

如果沒有發生那場車禍，小卓會不會也穿著高中制服參加校隊，搞不好還交了個女朋友？

透過直樹想像自己兒子的身影後，光治內心如滾水般湧上一股難以言喻的情緒。

光治眨了幾次眼睛免得眼裡泛起淚光，接著握住直樹的手說：

「多虧你願意來參加。真的，多虧你肯來。」

直樹就這麼被握住手，低頭看向地板。

「對不起。」

光治探出頭看向直樹的臉。

「你有什麼好道歉的？」

「我媽媽她……」

直樹的簡短一句話讓光治明白了一切。直樹對自己乖乖聽從媽媽所說，選擇遠離車禍的事實感到自責。

光治搖搖頭說：

「你不需要為了那件事道歉，你的母親也一樣。應該道歉的另有其人。」

那個人就是島津邦明。除了那傢伙之外，沒有人應該為那場車禍道歉。

直樹從光治手中挪開自己的手，咬住下嘴唇低頭說：

「在那之後我不知道想了多少遍。我去找過警察照實說出當時的狀況，結果那個負責調查的刑警跟我說是我看錯了。被刑警那麼一說，我忍不住懷疑起自己是不是真的看錯，就一直反覆回想當時的狀況。」

聽到直樹說「負責調查的刑警」，光治想起名叫丸山的男人。

光治詢問直樹說：

「你還記得那個刑警叫什麼嗎？」

直樹毫不猶豫地立刻回答：

「丸山！我聽到跟他在一起的刑警這麼叫他。那個刑警一直不肯相信我說的話，我覺得很不甘心，不停在心裡臭罵他『丸山你這個混帳東西』，所以到現在還記得他的名字。」

直樹直直注視著光治的眼睛。

「可是，不管我回想多少遍，還是覺得自己沒有看錯。當時是對方闖紅燈，而且還喝了酒。絕對錯不了的。我才沒有說謊，小卓是被那傢伙害死的。」

直樹好不容易擠出聲音說道，他的聲音在走廊上迴盪。

寂靜的氣氛持續一會兒後，會廳裡響起廣播聲，通知小卓的法事即將開始。

直樹顫抖著肩膀，杵在原地不動。光治扶著直樹的背部說：

「去見一見小卓吧！」

直樹沉默地點點頭後，緩緩踏出步伐。

走向法事會場的路上，只在六年前見過一次面的丸山面孔，在光治的腦海裡鮮明浮現。

第七年法事的隔一天，光治下班後一個人去喝酒。光治騙了美津子，他告訴美津子臨時和一些醫生朋友約了要去喝酒。

對光治來說，去哪家店喝酒都無所謂。他在鬧區裡徘徊，尋找著生意興隆的店家。光治心想只要客人夠多，就不會有人動不動跑來獻殷勤。

就快偏離鬧區時，光治發現一家門框砌上紅磚的店家。店門上掛著獅頭造型的門鈴，招牌寫著「Salut」。Salut 是法語，意指「拯救」。光治打開門走了進去。

店內比想像中寬敞許多。整體空間雖不算寬，但深度夠深。整間店除了吧檯之外，還有七間半開放式包廂，大約坐了半滿。

光治選了吧檯最旁邊的座位坐下來後，點了一杯加水威士忌。光治沒有點下酒菜，他只想喝酒，根本一點食欲也沒有。

光治邊舉起酒杯，邊回想昨天直樹的身影，直樹真是長大成了一個好青年。可能是車禍的痛苦回憶所造成，直樹的表情稍顯陰沉，但有雙勇於直視他人的堅定眼神。光憑這點，便足以看出直樹是在父母親的細心呵護下長大。

法事結束後，直樹留下一句「到了第十三年法事時我也一定會來參加」便離去。

下一次的法事會是在六年後。光治仰杯飲酒，腦海裡浮現靈桌上擺著兩張牌位的畫面。一張是小卓，另一張是美津子。美津子將無法參加第十三年法事，從自己拍下的X光片，加上前天村瀨在電話裡說的話，光治知道這會是無庸置疑的事實。

光治點了第四杯威士忌，但根本喝不出威士忌的味道。女公關積極地向光治搭腔，光治卻連回答的精力也沒有。他態度冷漠地只發出「喔」或「嗯」的附和聲。一開始女公關還會在臉上露出親切的笑容，但看出光治是個難搞的客人後，便轉桌去服務其他客人了。

女公關離去後，光治打從心底鬆了口氣。此刻，光治只想一人獨處。他想要在不被任何人打擾之下，盡情詛咒這個連事實也會被扭曲的不合理世界；以及奪走獨生子的性命還嫌不夠，現在連長年攜手走過歲月的妻子性命也打算帶走的命運。

光治凝視著酒杯裡的冰塊，丸山的臉在他的眼前扭曲浮現。邋遢的裝扮、半長不短的鬍鬚臉，以及目中無人的厚顏無恥態度。雖然光治只在六年前與那男人見過一面，但即使到了現在，光治仍清晰記得對方的模樣。光治心想：「果然就是那傢伙否定直樹的證詞，硬是扭曲了事實。」

光治一口喝光威士忌，想要灌醉自己。他想要忘記痛苦的現實，哪怕只是短暫片刻也好。酒精開始發揮作用時，一陣特別響亮的笑聲刺激著光治的暈眩腦袋。光治朝笑聲傳來的包廂一看，看見一名男子被好幾個女公關服侍著。坐在男子正前方的女公關的頭正好擋住了男子，所以看不見男子的臉。光治只聽見男子下流的沙啞聲音，正自豪地說著今天打高爾夫球的成績。

男子的笑聲讓人覺得刺耳，光治決定喝完手邊這杯威士忌就換家店。就在光治準備把視線拉回吧檯時，坐在男子正前方的女公關站了起來。坐在另一端的男子隨之現身。

看見男子的那一刻，光治全身僵硬。

那男子是島津——光治不可能認錯仇人的長相。

在得知撞死兒子的凶手是公安委員長後，光治立刻打開電腦。打開電腦沒有其他目的，就是為了上網搜尋島津。光治一下子就搜尋到了島津。光治在公安委員會的官網上，看見島津一副好好先生的模樣面帶笑容坐在沙發上。

光治把島津的相片儲存到自己的電腦裡。每天晚上光治都會點開相片，對著相片詛咒說：

「我一定要讓這男人被關進監獄裡！」

此刻出現在眼前的島津除了多出一些白髮和贅肉之外，與六年前沒什麼太大改變。甚至應該說從談話內容以及神采飛揚的表情，可看出島津正盡情享受著現在的生活。

島津忽然朝光治的方向看來。兩人的視線相交，光治的心臟劇烈跳動著。光治沒有別開視線，直直注視著仇人的眼睛。

或許是看見有個男人一直盯著自己看而覺得納悶，島津在身旁的女公關耳邊不知低聲說了什麼。島津想必是在詢問光治的來歷，女公關斜眼看向光治，一副彷彿在說「我不認識他」的模樣搖搖頭。

光治的臉上浮現一抹冷笑。島津當然不可能認得光治，他想必也不知道美津子的長相。

發生車禍後，島津終究還是沒有來拜訪過光治。別說是道歉，島津甚至沒來上一炷香。他當然不可能知道光治和美津子的長相。

或許是覺得光治是跟自己無關的人物，島津從光治身上挪開視線後，一副什麼事也沒發生過的模樣喝起酒來。島津的笑聲在店內再次響起。

光治重新面向吧檯，緊緊握住酒杯。冰塊發出清脆的聲音。

在這裡痛扁他一頓好了！光治的腦海裡閃過這樣的念頭。

然而，光治還保有足以讓他壓抑住情緒的理性。

光治想到了美津子。

要在這裡痛扁島津一頓沒什麼困難。光治可以馬上走過去毆打島津，打到他整張臉變形。但是，毆打島津也沒有任何幫助。最後只會鬧到有人報警，光治也會落得被強制帶回警局的下場。

光治一點也不在乎自己會怎樣，就算被關進牢裡也無所謂。但是，光治說什麼也不想讓被疾病纏身的美津子擔心。

還是回家吧。

光治這麼想，並告訴服務生要結帳。服務生拿了帳單過來。

光治一點也不想聽到島津的聲音。他甚至不願意和島津在同一個空間裡呼吸。更主要的是，明明仇人就在眼前，自己卻什麼也做不了的狀況，讓光治覺得自己窩囊極了。

光治準備從椅子上站起來時，一名青年推開店門走了進來。青年看起來差不多二十五來歲，一身橘色 POLO 衫搭配牛仔褲的休閒裝扮。青年擁有壯碩的胸肌，從體格可看出青年應該有運動的習慣。

一名女公關發現青年出現後，拍了拍島津的肩膀說：

「島津先生，貴公子來接您了！」

光治吃驚地看向青年。仔細一看後，光治才發現青年的眼睛像極了島津。光治沒料到島津竟然有個兒子。

青年站到島津的身邊，抓住醉醺醺的島津手臂說：

「老爸，回家了。」

島津一副厭煩的模樣抬頭望著自己的兒子。

「你怎麼會在這裡？」

「是我請他來的，我看您喝了不少。」

一名身穿和服的女子從店裡最深處走了出來。

「媽媽桑。」

島津這麼喊了一聲。媽媽桑在島津的身邊坐下來後，收走島津手中的酒杯。

「如果說要叫計程車，您一定也會說不要。所以我想說您兒子已經來過店裡好幾次，請他來一趟應該也沒什麼不妥。」

島津像個小孩子嘟起嘴巴。

「我又沒有醉成那樣，要自己開車回去也行的。」

島津的兒子原本靜靜看著島津和媽媽桑兩人的互動，這時忽然放大嗓門說：

「你在說什麼啊！都已經吃過一次苦頭，還學不乖啊！」

島津露出嚴肅到甚至顯得誇張的表情。

「喔，那次是運氣太差了。要不是發生那件事，我也不用辭掉公安委員長的職位。」

媽媽桑環視四周一遍後，捏了一下島津的手臂示意島津閉上嘴巴。島津誇張地喊痛後，從媽媽桑手中奪走被沒收的酒杯，一口氣喝光杯裡的酒。

「人啊，誰都會比較愛自己。就算嘴巴上說得好聽，事到緊要關頭時，還是會毫不在乎地背叛別人，也會利用別人。妳都不知道我為了爬到現在的地位，一路來吃了多少苦頭。」

島津粗魯地把空酒杯擱在桌上。

「我知道做了對不起對方的事。可是，反正死者又不能復生，還活著的一方選擇對自己比較有利的路來走，有哪裡不對了？」

「總之……」

媽媽桑先這麼回了一句後，一副在宣告「該收攤了」的模樣把桌上的空酒杯遞給小弟。

「以我們店的立場來說，不能明知道客人喝了酒，還讓客人自己開車回去。畢竟萬一發生什麼意外而被警察發現，我們店也會受到連累的。」

島津把自己的臉貼近媽媽桑的臉，接著在臉上浮現猥褻的笑容說：

「好啦，媽媽桑，我不會給妳們店帶來困擾的。所以啊，下次我們一起去旅行好好放鬆一下吧！」

媽媽桑斜眼瞪著島津說：

「您就是這樣愛得寸進尺！別以為我不知道您上次帶 Aqua 的媽媽桑去北海道玩。」

島津一臉彷彿在說「這下慘了」的表情，笑著試圖打圓場。或許是早已經看慣父親愛好女色的表現，青年一臉彷彿在說「又來了」的表情嘆了口氣。

「老爸，走了啦！」

青年抓住父親的手臂，硬是讓父親站起身子。島津搖搖晃晃地從座位上站起來後，瞇起眼睛笑著對自己的兒子說：

「好啦！好啦！未來的董事長，別催得這麼急嘛！」

島津在兒子和媽媽桑的攙扶下，走出店外。

島津離開後，店內頓時安靜下來，但過了一會兒後，店內如同漲潮般再次充滿女公關和客人的笑聲。

光治低著頭，島津、島津的兒子、小卓和美津子四人的身影在他的腦海裡浮現又消失，消失後又再浮現。

如果是不知情者聽見島津、媽媽桑和島津兒子方才的對話，想必會聽得一頭霧水吧。不過，光治一聽就立刻知道對話內容代表著什麼。島津三人方才是在談論六年前的車禍。光治告訴自己：「果然錯不在小卓。」

光治忽然覺得今晚會見到島津並非偶然。或許是小卓趁著第七年忌日的時間點，讓光治遇見島津。光治覺得是小卓在向他痛訴說：「我沒有錯！是那傢伙的錯！」

「要不要幫您再調杯酒呢？」

女公關小姐從吧檯裡伸出手準備拿走酒杯，光治用力撥開她的手。女公關露出害怕的神情，縮回挨打的手。光治直直瞪著眼前的虛無，手中的酒杯應聲碎裂。

光治替自己包紮好被玻璃碎片刺傷的手之後，在自己的房間裡讓身體深深陷入椅上。

光治沒有刻意看向某處，而是讓視線拉向遠方。接到不起訴通知時美津子的吶喊聲在光治的耳邊響起。

——這樣小卓豈不是白白送了命！

像是要蓋過美津子聲音似的，島津方才在店裡的大膽發言傳進光治的耳裡。

——反正死者又不能復生，還活著的一方選擇對自己比較有利的路來走，有哪裡不對了？

島津的兒子來接父親時，在店裡說過「吃了一次苦頭」，光治一聽就知道是在指小卓的車禍。果然錯不在小卓，當初是因為島津酒駕才引起車禍，這場悲劇全是島津的過失所導致。警方恐怕是有什麼把柄落在身為公安委員長的島津手中。可能是針對預算作了假帳，也可能是為了掩蓋醜聞；警方試圖掩蓋不知什麼過錯，而島津幫了警方一把。相對地，島津要求警方把事實捏造成是小卓的過失。

直樹前來參加第七年法事時的吶喊聲在光治的耳邊響起。

——小卓是被那傢伙害死的。

光治雙手抱著頭。

沒錯！小卓是被島津害死的！

可恨至極、可恨至極的島津！

光治使力抓住白髮多過黑髮的髮絲。

島津害死別人家的兒子，卻還能開心地笑著喝酒，他甚至還有個可以繼承家業的兒子，島津想必完全無法體會父母失去孩子時的心情。不，不限於島津。除非是自身站在白髮人送黑髮人的立場，否則誰也無法體會當中的痛苦。

午休時間光治在休息室休息時，時而會聽到護理師們在隔壁休息室聊天的內容。護理師們什麼話題都聊，像是婆媳問題、連續劇的劇情或抱怨老公等。有時也會埋怨孩子，像是責怪孩子在學校的成績不好，或是孩子正值叛逆期，讓人很頭痛之類的。

每次聽到這些話題時，光治總會在心中吶喊。

孩子書讀不好或是愛頂嘴有什麼關係！至少你們的孩子還好好活著，想要跟孩子吵架、跟孩子一起大笑、跟孩子抱在一起都做得到，不是嗎？

可是，我的兒子已經不在了。我想要跟孩子吵架、跟孩子一起大笑、跟孩子抱在一起都做不到。就算再怎麼大聲哭喊、再怎麼虔誠禱告，也不可能挽回我的兒子。

自從失去小卓後，光治改變了上班路線。因為光治原本的上班路線，正是小卓走路上學時必經之路。以前小卓會早一些出門，接著光治也會出門上班。有時光治開車在半路上會看見準備上學去的小卓身影，小卓一發現父親的車子，就會開心地揮手。

只要走那條路，就會遇到小學生的隊伍，然而，隊伍裡沒有小卓的身影。光治不想再看見小學生，那會讓光治感到痛苦不堪，就像在提醒他再也無法在隊伍裡看見小卓的身影。雖然必須繞遠路，但光治都是走另一條路上班。即使發生車禍至今已過了六年，光治還是一樣選擇繞遠路。

想起島津，光治感覺到一股怒氣從胃部深處往上竄，胸口更是宛如被重物壓住似地讓人就快無法呼吸。

小卓是被島津害死的，為什麼一個殺人犯還可以過得無憂無慮？為什麼光治和妻子受盡痛苦折磨，島津卻可以笑得那麼開心？

光治把怒氣集中到拳頭上，朝書桌桌面揮下拳頭。

書桌劇烈晃動，立在桌上的相框在光治的眼前倒下。光治嚇一跳地急忙拿起相框，小學五年級生的小卓在相框裡露出燦爛的笑容。

相片有一點褪色，褪色的相片道出六年的歲月流逝。六年的時間究竟算短？還是長？想必每個人的感受都各有不同。或許有人會覺得六年的時間一眨眼就過去，也或許有人會覺得怎麼才過了六年而已？

在光治和美津子之間，時間是靜止的。小卓不在身邊後，時間便停止了轉動。即使四季交替了好幾回，光治兩人還是陷在小卓離開那一年的那個季節之中。

然而，時光確實一點一滴地流過。六年的歲月讓車禍在人們的記憶中風化，也讓小卓過去的摯友成長，還讓病魔啃食美津子的身軀。

光治凝視著相框裡的兒子模樣。

我以後要當棒球選手。

小卓的興奮聲音在光治的耳邊再次響起。小卓才加入社區的少年運動團不久時，興奮地告訴光治。如果光治記得沒錯，那時小卓不知道和哪個球隊進行友誼賽，第一次打出了安打。友誼賽結束後的歸途上，小卓坐在副駕駛座上，情緒相當激昂。

爸爸，你不會反對吧？

聽到小卓這麼詢問，光治忍不住露出苦笑。

我要怎麼反對？你不是已經做好決定了嗎？

光治這麼回答後，小卓用力點頭說：「等我上了國中，我要參加棒球校隊。」

可是啊，聽教練說也會有不少人受傷，教練還說一定要練好身體才行。我聽到教練這麼說，就覺得自己算是賺到了。

光治詢問小卓原因後，小卓露出得意的表情。

因為我的爸爸是醫生啊！如果受了傷，我可以免費接受治療啊！

光治忍不住笑了出來。

爸爸是內科醫生，不是外科醫生。

光治這麼回應後，小卓說一句：「可是，一樣是醫生，不是嗎？萬事拜託囉，爸爸。」最後還拍了拍光治的肩膀。

光治撫摸著相片中的兒子。

小卓沒能當上棒球選手，他還來不及當上什麼就離開人世。短短十年，小卓便結束了人生。

光治感覺到眼眶發熱。

我做過什麼嗎？美津子做過什麼嗎？小卓做過什麼壞事嗎？為什麼我們非得被折磨到這般地步？這世上有幾千人、幾億人，為什麼偏偏是我們必須面對如此不合理的遭遇？如果連美津子也走了，還有什麼能支撐我活下去？

光治抬起臉，不想讓淚水奪眶而出。然而，光治沒能夠止住淚水。充滿悲傷和憤怒情緒的淚珠從光治的體內深處滿溢而出，順著他的臉頰滑落。

這時，突然傳來敲門聲。

美津子來了。

光治急忙用手背擦拭淚水。美津子打開房門，走進房間裡。

時間早已過了半夜十二點，平常美津子都會在十一點就上床睡覺。因為美津子會服用短效型安眠藥，所以很容易入睡。不過，依當天的狀況不同，也會遇到效用沒那麼好的時候。在那樣的夜晚，從美津子的寢室流瀉出來的光線總會一路持續到天亮。看來今晚安眠藥也沒有好好發揮效用。

「怎麼啦？睡不著嗎？」

光治保持背對著房門的姿勢問道。

美津子沒有回答。

光治回過頭看。

美津子身穿睡衣，背對著房門杵在原地不動。看見美津子的那一刻，光治不禁感到背後一陣寒意。美津子的氣色很差，她的眼窩凹陷、雙頰削瘦。如果只是這樣那還好，就跟感冒不舒服時沒什麼兩樣。不過，今晚的美津子不只這樣。美津子全身散發出沉重的鬱悶感，感受不到一絲生氣。光治的腦海裡閃過「死相」兩字。光治從椅子上站起來，走到美津子的身邊。

「妳是不是身體不舒服？」

美津子沒有回答，而是牽起光治的手。美津子凝視著光治的手，痛苦地扭曲著表情。光治隨著美津子的視線也看向自己的手後，發現繃帶滲出鮮血。光治這才發現剛才拍打書桌的撞擊力，讓傷口又裂開了。

光治從美津子手中抽回自己的手，硬是擠出笑容說：

「我今天跟大家喝酒的時候不小心被玻璃杯割傷了。沒想到傷口比想像的還要深，一直止不住血。真是傷腦筋，我好像喝太多了喔。」

「老公。」

美津子低聲喊了光治。聽到略顯嚴肅的口吻，光治明白美津子有什麼重要大事想跟他說。美津子不是睡不著，而是刻意不睡等著光治回來。

光治等待著美津子的話語，然而，美津子沒有開口說話。美津子一直看著地面，杵在原地不動。

光治打算再喊一次美津子的名字時，美津子一副下定決心的模樣抬起頭來。兩人四目相交。美津子用小聲到如果沒有豎耳傾聽，就會聽不見的微弱聲音說：

「我還可以活多久？」

美津子的問題來得太突然。

光治措手不及，他根本還沒有做好回答這個問題的心理準備。光治連要不要告知病情都還沒有做出結論，他自身甚至還沒有做好要面對疾病的決心。

光治用混亂的思緒拚命動腦思考。美津子怎麼會知道自己沒剩下多少日子可活？光治是在前天從村瀨口中得知美津子的病情，難道村瀨和光治通完電話後，按捺不住地也打了電話給美津子？不，村瀨不可能那麼做。該不會是……

光治警覺地想：「美津子該不會是在套話？搞不好她是因為想要知道實情，刻意在試探我，肯定就是這麼回事沒錯。」光治故作鎮定地揚起嘴角說：

「妳在說什麼啊？妳一定是晚上自己一個人在家，就胡思亂想一些有的沒的。」

光治輕輕搭起美津子的肩膀。

「妳只是過度疲勞而已，疲勞和壓力的累積會對身體帶來超出我們想像的負擔。這陣子找個機會連休幾天好了，妳需要好好放鬆一下比較好。去泡溫泉好嗎？還是妳想去住哪家有名的飯店？」

美津子的表情顯得更加黯淡。她的四肢顫抖起來，雙腳跪地癱倒在地上。光治嚇一跳地扶住美津子，美津子緊緊抓住光治的手臂說：

「沒關係的。算我求你，拜託告訴我實話。」

「我已經跟妳說實話了啊。」

美津子猛烈地搖著頭。

「我們當夫妻當幾年了？我怎麼會看不出來你在說謊？」

光治的心臟猛烈跳動一下。

「妳憑什麼說我在說謊？」

美津子加重力道緊抓光治的手臂。

「小卓第七年法事前一天的那通電話，是村瀨先生打來的吧？我問你是誰打電話來的時候，你眼睛看向其他地方，沒有回答我。」

光治回想著自己當時的反應。當時光治確實因為不敢和美津子對上視線，所以別開了視線。

光治急忙掩飾說：

「我不記得了。」

美津子露出痛苦的表情看著光治。

「你知道嗎？你從以前就這樣，每次說謊被人家拆穿時，就一定會撂下同一句話。」

說到這裡時，美津子無奈地笑了笑。

「你每次都會說『我不記得了』。」

被美津子這麼一說，光治才有所察覺。的確，每次被逼得無話可說時，光治總習慣以一句「我不記得了」來逃避現實。

得趕快說些什麼才行！光治心想，並打算開口說：「那真的是其他人打來的電話，不是妳想的那樣。」他想要這麼說，喉嚨卻像被塞了一塊黏土，怎麼也說不出話來。

美津子低下頭說：

「老公，你別這麼掙扎了，我看得出來的。而且，一直以來不論發生什麼事，你都不會說要休假，現在卻說要好好放鬆一下？這太奇怪了吧。」

美津子握住光治纏上繃帶的手。

「你工作絕對少不了這雙重要的手，卻會情緒失控地害自己的手受傷。」

美津子抬起頭看著光治。

「拜託你老實跟我說，我得了什麼病？我還可以活多久？」

美津子用不允許他人否定的強勢口吻問道，光治不禁被她的氣勢壓倒。

美津子一向直覺敏銳。就算光治現在想辦法敷衍過去，美津子早晚還是會察覺到真相。美津子遲早會知道自己還剩下多少日子可活。到了那時候，美津子會有什麼反應？美津子肯定會責怪光治為何不告訴她實話，到時光治將會無言以對。

光治看著美津子的眼睛。

美津子等待著光治的話語。

美津子早晚都會知道自己的命運。既然如此，就不應該由他人，而應該由身為丈夫的光治來告知命運。

「美津子。」

光治也使力握住美津子的手。美津子的認真眼神緊迫盯人，光治下定決心地說出實情：

「妳得了胸腺癌。癌細胞長在棘手的位置，沒辦法靠外科治療加以徹底去除。接下來的治療方式應該會採用化學療法加上放射線治療。因為必須服用強效性藥物，所以會產生副作用。」

美津子表現出事不關己的態度聽著自己的病情。過了一會兒後，她用微弱的聲音詢問：

「所以，我還有多久的壽命？」

光治的表情變得扭曲，他也曾向病患告知過癌症或所剩壽命，然而，他不曾做過如此痛苦的告知。光治承受不住地低下頭。

「老公。」

美津子呼喚光治，催促著答案。光治低著頭回答：

「如果不接受任何治療，不確定還能不能活過一年……」

光治感覺得到美津子倒抽了一口氣。美津子的身體顫抖了起來。

「我會死掉嗎？」

光治抬起頭，劇烈地搖著頭說：

「妳不會死，我絕對會治好妳的病。」

這是光治的肺腑之言。然而，這是懇求，也是無法實現的願望。

美津子的呼吸變得急促，身體出現劇烈的痙攣現象，這是過度換氣症候群的症狀。美津子想必是過度緊張，才會出現這樣的症狀。為了讓美津子鎮靜下來，光治讓她在床上躺下來，然而，美津子使力撥開光治，立刻站起身子。美津子胡亂丟起房間裡的物品，伸手抓到什麼就丟什麼。

「我不要！為什麼我非死不可？我不想死！我不要！」

「美津子！」

美津子的情緒失控，光治從背後扣住她的雙手。光治在美津子的耳邊大喊：「冷靜一點！」然而，美津子依舊無法控制情緒，她邊哭泣邊掙扎。地板上的觀賞植物翻倒，書本也散落一地。

突然間，美津子倒了下來。她就像離開水中的魚兒，嘴巴不停地一張一合。光治急忙拿起身旁的紙袋蓋住美津子的嘴巴，這是過度換氣症候群發作時的應急措施。只要這麼做，就能增加血液中異常減少的二氧化碳。

過了一會兒，美津子的呼吸平穩下來，痙攣現象也慢慢平息。光治喊了一聲名字後，美津子緩緩張開眼睛。美津子的眼神失焦，發愣地望著前方。光治看見美津子的眼角滲出淚珠，便輕輕用手擦去淚珠。

時間不知道經過了多久。光治一直癱坐在地上時，忽然感覺到視線而張開眼睛，美津子躺在地板上看著光治。凌亂的髮絲貼在美津子臉上，光治輕輕幫美津子撥開髮絲。

「我可以去找小卓了。」

美津子低喃道。

「別丟下我一個人。」

光治以哀求的口吻說道。光治不知道自己孤單一人在這個家生活的人生，能夠有什麼樂趣？

「小卓真的沒有闖紅燈嗎？」

光治訝異地探出頭看著美津子。

「妳在說什麼？我們不是一直相信小卓的清白，才能夠一路撐到現在嗎？妳這個做媽媽的人怎麼可以懷疑小卓？」

「我才沒有懷疑小卓，小卓根本不可能闖紅燈，我相信他。我只是想要知道真相。我需要有什麼東西可以確實證明我們一路所相信的事實是對的，而小卓並沒有錯。」

光治的腦海裡浮現島津在酒吧裡的言行舉止。

——那次是運氣太差了。還活著的一方選擇對自己比較有利的路來走，有哪裡不對了？

光治不甘心地握緊拳頭，手上的傷口一陣劇痛。

「小卓是清白的，是島津和警方串通好一起掩蓋事實。」

光治不由得脫口說道。

美津子露出意外的表情看著光治。

「你是不是知道什麼？」

光治回過神來，噤聲不語。

或許從光治的反應看出了什麼事實，美津子在床上坐起身，猛地抓住光治的手臂。

「是不是發生過什麼事？我沒說錯吧？」

光治從美津子身上別開視線。

六年來，光治和美津子兩人為了幫小卓洗清汙名，一路努力走了過來。如今，終於明確得知小卓的清白。對一路追求真相走來的兩人來說，這是值得開心的事情。如果這事情是在幾天前發生，光治肯定會毫不遲疑地向美津子傾訴一切。

然而，現在的狀況不同。如果說出真相，美津子會是什麼反應？比起慶幸兒子的清白，美津子恐怕只會對掩蓋車禍真相的對方產生更深的恨意。恨意會使得病情惡化，害美津子更早面對死期。光治身為丈夫，也身為醫生，他應該就這麼吞下真相讓美津子保持內心平靜，營造出能讓美津子專心接受治療的環境。

想到這裡後，光治的嘴巴也就變得像被黏住般，怎麼也打不開來。

美津子使力把光治拉近自己。

「老公，我求你，你如果知道什麼就快告訴我，不要有所隱瞞。要是不讓我知道真相，我會死不瞑目的。」

光治自己最清楚在美津子的面前不可能說得了謊，他也只能說實話了。

光治把今天在酒吧裡目睹到的狀況一五一十地說給美津子聽。整個過程中，美津子安靜得甚至讓人感到毛骨悚然。光治頓時擔心起自己的話語沒有傳進美津子的耳裡，但後來看見美津子交叉著的雙手指尖微微顫抖，也就明白了美津子確實聆聽著。

「害死小卓的那傢伙喝酒玩女人，過著無憂無慮的生活。警方和地檢署也一樣，他們全都只知道顧自己，硬是把罪過推給年僅十歲的小孩。」

不要把憤怒情緒化為言語說出來——光治想起以前不知道在哪本書裡讀過這句話。書上還說：「化為言語說出來的那一刻，憤怒情緒將會倍增成兩倍、三倍，使得說出口的那個人更加痛苦。應該不要說出口，而是在心中冷靜面對憤怒情緒。」光治當時只是把內容讀過一遍沒多想什麼，但現在覺得自己能明白那段話的含意。

光治一說出島津的狀況，憤怒的情緒隨之如滾滾怒濤湧上心頭。光治試圖保持冷靜，卻無法順利控制情緒。他知道這時如果去照鏡子，肯定會看見自己從未看過的猙獰表情。

光治坐在地上，背部靠著床鋪。

光治說出了一切，對美津子不再有任何隱瞞。

光治有種體內被清空的感覺，沉默地注視著眼前的虛無好一會兒。美津子也在光治身旁沉默地低著頭。

屋外漸漸亮了起來，送報紙的摩托車聲響傳來。漫長的一夜過去了。

美津子緩緩抬起頭，光治也抬起了頭。兩人的視線交會。美津子的眼神已經恢復了冷靜。她一字一字慢慢開口說：

「我要殺死島津。」

光治掌握不到美津子說這句話的意思。

對著沉默不語的光治，美津子反覆說出相同話語：

「我要殺死島津，我不會就這樣放過他。」

聽了兩遍後，光治總算理解美津子的意思。雖然理解了意思，但光治沒有太真實的感受。

「妳在說什麼啊？」

光治不禁笑了出來。

他心想美津子可能是自暴自棄，根本不知道自己在說什麼。然而，光治錯了。美津子的眼神是認真的。

「我會讓島津和小卓一樣失去性命，讓他好好贖罪。」

美津子說她要以身為女人為武器去接近島津，等進到飯店房間兩人獨處時，再趁機殺死島津。

「島津不認得我，我做得到的。」

光治臉色大變。他難以相信美津子怎麼能夠如此流暢地說出殺害島津的方法。難道當一個人知道自己所剩日子不多後，就會變得能迅速整理思緒嗎？

光治換了一個角度思考。他心想如果平常就一直想著要殺死對方，那就另當別論了。如果是原本只會在腦袋裡想像要如何下手，但在得知自己所剩壽命不多後，便瞬間讓想像化為現實的話，就表示美津子是認真的。

「別說傻話了。」

光治試圖笑著帶過美津子的發言。然而，美津子沒有停止話題，開始一步一步安排起殺害島津的計畫。美津子的表情不像一個生命即將走向盡頭的人會有的，她的目光炯炯有神，雙頰因為亢奮而泛紅。光治看見沉醉在某事物之中而出了神的表情。

美津子緊緊握住光治的手說：

「我決定動手，我要殺死島津。」

碰觸到美津子的手之後，光治大吃一驚，美津子的手好燙。光治摸著美津子的額頭說：

「妳在發燒。趕快把藥吃一吃，去休息一下比較好。明天我就陪妳一起去找村瀨。」

美津子冷漠地撥開光治貼在她額頭上的手。

「我不要去醫院，也不要接受手術。」

光治忍不住大吼起來。

「妳說那什麼話！要是那麼做，妳真的會死掉的！」

美津子沒有讓步地反駁說：

「反正我遲早都會死。在死之前，我要先制裁島津，在還沒成功制裁島津之前，我絕對不會死。」

光治拚命地說服美津子改變念頭。然而，美津子搖了搖頭後，用著平靜中帶著倔強自信的語調說：

「竟然會在小卓做第七年法事的時候遇到島津，我不認為這是偶然。肯定是小卓在冥冥之中安排好讓你遇見島津。小卓在跟我們說：『我沒有錯！凶手是那傢伙！你們要替我洗清冤屈！』」

光治感到訝異，沒想到美津子會跟他有一樣的想法。

美津子看著光治的眼睛說：

「你也覺得我做得到，對不對？」

晨光從窗簾的縫隙間流瀉進來。白色光芒照亮美津子的臉，耀眼的表情讓光治忍不住瞇起眼睛。

光治曾聽說人在死之前會變美，而且美得讓人驚豔，此刻的美津子正是如此。眼前的美津子美麗極了，連光治這個當丈夫的人也看得入迷。美津子的五官本來就長得端正，現在又多了一份不論發生什麼事也一定要完成自我使命的清高氣質。任誰看見美津子的模樣，都會被她的氣勢壓倒。

光治許久不曾看見美津子顯得如此幸福，他本以為這輩子再也沒機會看見美津子充滿活力的模樣。光治的腦海裡閃過一個念頭，他心想若是能看到美津子回到小卓還在世上時那樣，一起加入計畫也無妨。

不過，光治立刻改變了念頭。

只要殺了島津，就可以替小卓報仇。然而，相對地，美津子將會變成殺人犯，美津子會變成島津的同類。或許真的是小卓冥冥之中的安排，光治才會在第七年法事的時間點遇見島津。不過，小卓根本不希望美津子去殺害島津，有哪個孩子會希望自己的母親變成殺人犯？

光治握住美津子的手，並說出自己的內心話。美津子一直用帶有反抗意味的眼神聆聽光治說話，但話題轉到小卓身上時，美津子悲傷地閉上眼睛。

有好長一段時間，光治和美津子兩人動也不動。兩人低著頭沉默不語，房間裡只有床邊的數位時鐘上的數字在跳動。

鬧鐘響起，已經七點了。今天一樣有病患等著光治看診，光治必須去上班才行。

光治使力握緊美津子的手，想告訴美津子這話題已經結束。光治準備站起來時，美津子用力拉住他的手。光治看向美津子。美津子抬頭仰望著光治說：

「別擔心，我們可以替小卓洗清冤屈。」

光治感到憤怒。

「妳沒聽到我剛剛說的話嗎？」

美津子搖了搖頭後，注視著光治說出令人難以置信的話語。

光治瞪大眼睛。

「妳知道自己在說什麼嗎？」

美津子注視著光治，眼裡流露出懇求的神色。

「如果這樣下去我會死不瞑目的。到時候去到另外一個世界，我也沒臉去見小卓。我想要可以抬頭挺胸地去見小卓，求求你，讓我照自己想做的去做。」

光治用力揮開美津子的手。

「別再說蠢話了！」

美津子抓住光治的褲腳，苦苦哀求說：

「求求你，老公。為了小卓，也為了我們，你就讓我去找島津報仇吧！」

光治低頭俯視美津子。美津子仰望光治的眼神之中，流露出誰也無法改變的堅定決心。

「妳是當真的？」

光治問道。

美津子微笑點點頭。

「這是我人生最後的心願。」

7

真生回到地檢署，推開公審部的辦公室門。

公審部的筒井部長坐在窗邊的座位上，從手中的文件中抬起頭說：

「辛苦啦，如何啊？」

真生不確定筒井是在詢問公審首日有沒有感覺到勝券在握，還是詢問她對強勁對手的佐方有何印象。真生給了一個兩者皆適用的答案：

「沒什麼好擔心的。」

事實上，確實沒什麼好擔心。今天幾乎所有法庭上的人都深信被告有罪，除了主張自己無罪的被告人本人和其律師佐方。

真生走過筒井的面前，來到自己的座位上。鬆懈下來後，真生忽然覺得胃部宛如被錐子頂住一般陣陣刺痛。真生下意識地摸著腹部，急忙打開抽屜，拿出隨時備用的胃藥丟進嘴裡。真生靠著唾液，硬是把藥錠吞進肚子裡。靜靜保持不動過了一會兒後，胃部的疼痛感逐漸緩和下來。真生深深呼出一口氣。每次只要開始打官司，真生就會這樣，她不會讓人看見自己的壓力，但苦了自己的內臟。

這次案件的被告即是凶手的事實清楚擺在眼前。從染上被害人飛濺鮮血的浴袍，已檢驗出疑是被告汗液的體內物質；從被害人的指甲中則檢驗出被告的部分皮膚。成為凶器的餐刀上，也已檢驗出被告人的指紋和掌紋。證人、證據、動機，所有線索皆指出被告即是凶手。明明如此，真生卻覺得不安的情緒會在滿盈的自信之中不小心溜出來，怎麼會這樣呢？

真生以眼角餘光看向筒井。筒井一看到真生回到公審部，劈頭就詢問不知是針對審判還是佐方的感想。光是這樣的舉動，便足以看出筒井有多麼在意這場審判的結果以及佐方。

真生回想著今天在走廊上與佐方擦身而過時的印象。

鬆垮發皺的西裝，魯莽冷漠的態度。沒有梳理的亂髮，加上滿臉鬍渣。那也就算了，竟然還在審判前一天飲酒過量到隔天還在宿醉的程度。真生怎麼想也不覺得這樣的男人會是一個手腕高超的律師。然而，佐方接下的案件確實大多是以減刑或緩刑等有利於委託人的判決收場。

還有一點讓真生更加在意。那就是佐方是辭去檢察官的工作才改行當起律師，也就是所謂的前檢察官。

真生得知本案律師是佐方的那一天，被叫去邊見檢察長的辦公室。

當時邊見站在辦公桌前，詢問真生是否聽到筒井提過任何事。

邊見的問題來得太突然，真生不明白意思而直率地回答沒聽到筒井提起任何事。邊見聽了後，低喃一句：「這樣啊。」接著告訴真生絕對要打贏這場官司。邊見當時的口吻沉重，聽起來也像是在說給自己聽。

照邊見所說，佐方曾經是個檢察官，他第一次正式被分派的地點，就是目前真生所隸屬的米崎地檢署。佐方於國立大學的法律系畢業後，通過了司法考試。在那之後，佐方歷經司法實習，最後當上檢察官。

佐方過去是一位優秀的檢察官。一般來說，實地驗證等現場調查動作都是由警方負責。檢察官只須向警方發出指示，幾乎不會和警方一起進行現場調查。然而，佐方卻經常前往現場。尤其是交通事故，佐方更是幾乎每次都會到現場報到。佐方的說法是光看平面的現場調查紀錄，並無法得知馬路的凹凸狀況或坡道的傾斜程度。

佐方的二次調查總會找到警方沒能夠徹底發現的證據，替警方送檢的調查紀錄補足缺失。佐方對案件十分執著，也有骨氣不怕與警方起衝突，他所負責的案件幾乎都能照著起訴時的求刑獲得有罪判決。地檢署的每個人都認為佐方是未來會走上升遷之路的優秀人才。

然而，佐方在當上檢察官的第五年秋天，辭去了檢察官的工作。

真生詢問原因後，邊見先回答一句：「我不知道詳細狀況。」跟著又補上一句：「應該是他覺得不適應吧。」

真生知道絕對不會是那麼單純的原因，邊見也知道自己給一個如此隨便簡單的原因不可能取得認同。重點就是，邊見不能說出佐方離職的原因。

檢察官的世界很小，每隔幾年就會有人事異動，誰也無法預料什麼時候會再回到原本服務的地點工作。若是住進公務員宿舍，回到家也隨時會和上司、同事，或是他們的家人照面，那就跟二十四小時處在職場的縱向關係之中沒什麼兩樣。在如此狹窄的世界裡萬一說了八卦或批評別人，誰知道哪天會被散播出去。因此，大家都不會做出不必要的發言。

不過，就算邊見不說，真生也猜想得到佐方離職的原因。

真生周遭就有人辭去檢察官的工作。

有個男生和真生是司法實習生的同梯，他和當地警察發生糾紛而罹患精神疾病，導致無法繼續工作。還有一個在真生之後進到地檢署的後進檢察官，因為受不了平日的繁忙例行公事，以及自己心中描繪的理想與現實之間的落差過大，最後選擇離職。

真生能夠體會他們的心情。她自己剛當上檢察官時，也曾經有過一樣的煩惱。

真生當上檢察官邁入第二年時，曾經因為對於警方送檢的交通事故現場調查紀錄有所質疑，而獨自做了調查。後來，真生被上司狠狠臭罵一頓。原因是警方得知真生做了調查，跑來譴責上司說：「你們地檢署就這麼不相信我們的調查嗎？」

當時的那位上司揚起眼角，對著真生怒吼：「不准再做出會惹得當地警察生氣的事情！要是惹得警方不開心，他們哪還會願意提供協助！」

警察也好，檢察官也好，不都是應該把「以真實罪名來制裁犯罪者」視為自己的使命嗎？抱有相同使命的雙方為什麼要互相敵對呢？真生也曾經對這般不合理的狀況心生疑念而煩惱過。

想必佐方的離職原因也與真生的同梯或後進檢察官，以及真生有過的煩惱一樣吧。

不過，真生沒想過要辭去檢察官的工作。她早已下定決心不論發生任何事，都要堅持當一個檢察官。真生的這般決心恐怕一輩子也不會改變。

邊見在桌上往前探出身子，雙手交叉在面前說：

「辭掉檢察官工作的人多得是，不過，很少人年紀輕輕就離職。況且，佐方的表現相當優異。當時也有不少人為佐方離職感到惋惜。尤其是筒井很看重佐方，他當時一定很不甘心吧。」

真生不明白邊見為何會提起筒井。或許從表情看出真生是真的什麼也不知情，邊見壓低聲音說：

「佐方曾經是筒井的下屬。」

真生感到訝異，筒井從來沒提起這件事。筒井告知真生這次審判的對手是佐方貞人時，態度就跟平常沒什麼兩樣。筒井只對真生說：「妳就跟平常一樣擺出一張這個人不太好相處的臉，翻一翻文件就好了。對方是個強勁的對手，妳可別鬆懈啊。」

真生原本就知道筒井以前在米崎地檢署服務過。後來筒井離開米崎，反覆過著每兩、三年就調動一次的日子，四年前才再次被調來米崎。這些都是真生事前就知情的事情，但對於佐方曾經是檢察官以及筒井曾經是佐方的上司，就不知情了。

筒井因為很照顧下屬而受到肯定。筒井不會明顯表現出「讓我來教你怎麼做」的態度，但如果看見下屬因調查而陷入瓶頸時，就會從旁若無其事地告訴下屬當地的線人資訊，甚至也會以一個兒子已經出社會、女兒已經上大學的父親立場，讓下屬找他商量家務事。

看人比看法律更重要。

這是筒井的口頭禪。犯法的對象是人，不可以只知道成天坐在桌子前面看警方送來的文件和證據，要以身為一個人的立場去看被告。每次只要一有機會，筒井就會這麼對下屬訓話。

對任何人都很照顧的筒井當時特別看重佐方，而佐方卻辭去檢察官的工作。真不知道筒井當時有多麼遺憾……

「喂，妳還不下班啊？」

筒井的聲音打斷真生陷入回想的思緒。真生回過神地抬起頭後，看見筒井正指著牆上的時鐘，時刻已經過了六點半。真生暗自說：「該去醫院了！」接著急忙從座位上站起身子。

「部長，不好意思，我今天先走一步。」

筒井抬一下手回應真生，一副彷彿在說「我都知道的」的模樣。真生朝筒井行了一個禮後，急忙走出辦公室。

這時間病房已過了供應晚餐的時段，病患都剛吃飽在休息。真生穿過護理站前方的大廳，朝走廊最深處的病房走去。

那是一間四人房。真生走進病房後，直直往靠窗的病床走去。靠窗的病床拉起了布簾，真生探出頭悄悄地掀開布簾。

「媽，妳睡了嗎？」

真生的母親洋子躺在病床上。洋子緩緩張開眼睛說：

「沒有，我只是閉上眼睛而已。」

真生在病床旁邊的圓椅上坐下來。

「我把妳要的東西帶來了。」

「喔。」

洋子應了一聲後，坐起身子。真生從包包裡拿出一只盒子。盒子裡裝著洋子平常愛喝的健康茶。這健康茶不容易買到，整座米崎市也只有一家中藥行有賣這個商品。對於可否服用這款健康茶，已取得主治醫生的認可。洋子一副安心的模樣摸著胸口。

「我喝過很多牌子，但喝來喝去還是這個牌子最好。喝這牌子的茶不但排尿順暢，也能幫助入睡。要是沒喝到就覺得很不安穩。」

「發燒現象呢？」

真生打開盒子，拿出茶包放進茶杯裡，再從熱水壺倒入熱水，煙燻過的藥草味道從茶杯裡冒了出來。洋子一邊接過真生遞出的茶杯，一邊點點頭說：

「已經降很多了，應該可以比預期的更早出院。」

「是嗎？太好了。」

洋子一副過意不去的表情看著真生。

「妳那麼忙，卻老是給妳添麻煩。」

真生搖搖頭說：

「沒事的，部長也知道狀況。」

筒井知道真生母親生病一事，也知道真生當上檢察官的原因。

真生剛成為筒井的下屬時，正好有機會和筒井一起喝酒。真生坐在一家老舊居酒屋的吧檯邊，向筒井描述了自己的成長歷程。過去真生從未向他人說過自己的成長歷程，或許她是在筒井身上看見死去父親的影子也說不定。

筒井原本一直保持沉默地聆聽真生說話，後來把已經見底的小瓷酒杯放上吧檯，簡短說了一句：「妳一定會成為好檢察官。」

真生望向窗外陷入了思考。

筒井得知這次審判的律師是佐方時，不知道有什麼樣的想法？筒井雖然沒有把情緒表現在臉上，但內心想必很不安穩。不知道筒井是抱著怎樣的心情在看前任下屬和現任下屬交手？

玻璃窗上浮現出筒井的面容。

真生十分信賴，也很尊敬筒井。她想要贏過佐方，並且超越佐方。

看見真生沉默不語，洋子似乎以為是疲勞所造成，一副過意不去的模樣看著真生說：

「對不起。要不是我身體這麼差，就不會讓妳這麼辛苦。」

真生慌張了起來。真生的母親平常個性堅強，現在卻在真生面前示弱。真生猜想母親應該是因為原本預定一個星期就可以出院，結果卻拉長成兩倍，才會變得脆弱。真生安撫母親說：

「我只是下班後順道繞過來醫院而已，沒什麼大不了的。我又不是家裡有老公或孩子在等我，回家後我不過是隨便吃點東西，然後就是倒頭睡覺。」

洋子一臉擔憂的表情看著自己的女兒。

「不要只是隨便吃點東西，要好好吃飯，知道嗎？三餐一定要正常才行。」

「少個一、兩餐也不會怎樣的。」

真生帶著開玩笑的輕率心情說道，但洋子似乎不喜歡這個玩笑。洋子看著真生的眼神變得銳利。

「萬一弄壞了身體，就什麼都沒了。妳要更愛護自己一點。」

母親從來不會用如此嚴厲的口吻說話，真生不禁感到畏縮。

洋子在真生還是個高中生時，腎臟出了狀況。除非發生什麼嚴重事態，否則平常絕不會示弱的母親突然說身體無力，也沒有食欲。「妳可能是感冒了，趁感冒還沒惡化之前去看一下醫生比較好。」當時真生這麼勸告母親，但母親沒有接受建議，只回答說：「今年的夏天特別熱，應該只是中暑了吧。」

然而，洋子的身體不適不僅沒有好轉，反而變得更嚴重。洋子的手指和雙腳水腫，眼皮也變得腫脹。她明明三餐都吃不下什麼東西，肚子卻腫脹得離譜。一摸肚子後，發現肚子軟趴趴的就像一顆水球。即便如此，洋子還是拿不能請假為理由，遲遲沒有就醫。

再這樣下去不行，說什麼也要說服媽媽，帶她去就醫。就在真生下定決心時，原本那麼排斥就醫的洋子自己去了家附近的診所就醫，原因是洋子發現自己有血尿現象。為洋子看診的醫生立刻開立轉診單，讓洋子到大醫院檢查。

檢查結果，洋子被診斷出罹患慢性腎絲球腎炎。而且，病情已經相當嚴重。真生詢問原因後，醫生給了「就目前的醫學來說，還掌握不到明確的原因。不過，疲勞和壓力應該會是要因之一」的說明。聽到醫生的說明後，真生的腦海裡立刻浮現父親之死。

真生的父親在真生小學六年級時離開人世。真生的父親是保險公司的業務員，雖然個子不高，但可能是學生時期學過柔道，所以有著壯碩的體格。真生聽說父親為人開朗，加上表裡如一的個性帶給客戶好感，是擁有相當多客戶的優秀業務員。

那一天，真生的父親一如往常從公司出發，準備去拜訪客戶。全向十字路口的燈號轉為綠燈，父親準備橫越過斑馬線。就在這時，突然有人持刀從背後捅了父親一刀。凶器是全長三十公分的野外求生刀。父親立刻被送往醫院，但因為內臟嚴重損傷，到院兩小時後即宣告死亡。

凶手當時在案發現場陷入半瘋狂的狀態胡亂揮刀，最後被趕來的警官以傷害罪及違反槍砲彈藥刀械管制條例的現行犯加以逮捕。

凶手是個完全不認識的大學生。大學生並非想要攻擊某個特定的對象，純粹是真生的父親恰巧就在他的前方。

大學生一直定期去精神科就診，發生事件當時也服用了由醫院開立處方箋、每天都會服用的鎮靜劑。據說犯案當天，大學生一大早就喝了酒，並服用大量藥物。在接受警方的偵訊時，還留下「犯案當時的記憶模糊，不太記得狀況」的供詞。精神鑑定結果，認定大學生在犯案當時因酒精和藥物的影響而陷入心神喪失的狀態，所以檢方做出不起訴的決定。

真生當時還是個小學生，所以不明白不起訴的意思。直到父親的滿七儀式過了後，真生才明白不起訴的意思。

真生聽到母親在半夜裡打電話，通話對象應該是某個親戚。母親壓抑著哭泣聲，對通話對象說：「為什麼殺人卻不用接受法律制裁？這樣我老公也太無辜了吧。」真生到了這時才知道凶手不會受到任何制裁。

真生納悶不已。為什麼凶手殺了人，卻不會被關進監獄？殺人是犯罪行為，法院為什麼不處罰犯罪者？

真生本想詢問母親原因，但又覺得自己不應該問。於是，真生自己上社區的圖書館做了調查。她找出報導父親案件的報紙，一字不漏地讀過報導內容。從報導內容中，真生看到「心神喪失」的字眼。她不明白意思，所以查了字典。照字典的說明，心神喪失是指因精神障礙等疾病，導致針對自我行為後果完全缺乏判斷能力的狀態，故在刑法上不受懲罰。

真生不知道詳細狀況為何，只清楚知道凶手不會受到懲罰。不過，即便能夠理解字眼的含意，真生還是無法接受凶手不須接受任何懲罰的事實。在學校，老師也會教導學生們不能做出欺負他人或傷害他人的行為，明明如此，犯下罪行的人卻不需要接受制裁？就算有天大的理由，也太莫名其妙了！

回到家裡後，真生把怒氣宣洩在下班回來的母親身上。「殺死爸爸的凶手不會被懲罰也太莫名其妙了吧！誰能接受這種事！」真生怒吼道。母親在臉上浮現像是忍受著疼痛似的難過表情，反覆說著：「對啊。」

如今回想起來，當初最無法接受的人應該是真生的母親才對。心愛丈夫的性命平白無故被人奪走的悲傷，以及接下來必須獨自撫養孩子長大的不安，對沒有小孩的真生來說，實在難以想像母親當時承受了多大的壓力。

真生母親的身體本來就不算好。真生聽說母親生了她之後，產後遲遲無法恢復，吃了很多苦頭。父親的死想必在母親的健康上，給了重重的一擊。

真生的父親死後，母親扛起父親的職責加倍工作。父親還在世時，因為是住在父親公司所租下的公司宿舍，所以不需支付房租。然而，父親死後真生母女必須搬出宿舍，自己租房子住。

真生父親和母親雙方的老家，都主動提出要真生母女搬回家住的提議。不過，真生的母親拒絕了。因為母親知道雙方老家的提議皆並非發自內心。真生是到了事後，才知道雙方老家都已經各由兄長夫婦繼承，根本不是真生母女方便過去打擾的狀態。

在工作方面，真生的母親也辭掉隨時有可能被炒魷魚的超市兼差，換成穩定的正職工作。母親找了化妝品的家訪業務員工作，因為每個月都必須達成業績目標，所以加班的日子也自然會變多。

真生的母親每次只要過於疲勞，就一定會感冒。如今回想起來，母親的病情應該從那時就已經慢慢在惡化。後來，就在真生升上高中二年級的那年夏天，母親的腎臟病發作了。

真生認為母親之所以會重病纏身，原因是出在父親的死。在不合理的理由下痛失丈夫的悲傷，以及必須獨自扛起母女倆未來生活的辛勞，害得母親的身體被病魔啃食。真生成年後，母親考量到身體的負擔，所以換回不需要加班的兼差工作，但腎臟病一旦發作後，就無法完全治癒，母親到現在還是必須一星期洗兩次腎。真生的母親恐怕一輩子都得面對必須接受洗腎、服藥、飲食控制的生活。

洋子突然咳了起來。真生從椅子上站起來，來回撫摸洋子的背部。

「還好嗎？」

洋子按住病房服的胸口位置，點了點頭。

如果是個身體健康的人，根本不會因為只是得了感冒就住院。然而，罹患腎臟病的真生母親就不同了。真生的母親有時會因為感冒而引發急性腎炎，導致排尿困難。這麼一來，就必須像這次一樣住院接受治療。

「妳還是快睡吧。快要康復的時候更應該要多加注意才好。」

「也是。」

說著，洋子在床上躺了下來。真生攙扶洋子躺下時，聞到貼布的味道。真生知道洋子是因為發燒加上咳嗽而身體疼痛，所以貼著貼布。真生收拾好見底的茶杯，確認母親已經睡著後，才離開病房。

走出醫院後，夾帶寒意的夜風從真生的臉上吹拂而過。

真生鑽進車子啟動了引擎。廣播節目播放著令人懷念的歌曲，真生的父親說過他很喜歡這首電影音樂。那部電影是在描述戰爭時期的悲傷愛情故事，父親總會說電影裡的女主角非常漂亮。

真生抬起頭仰望母親的病房。

真生是在母親第一次住院時，下定決心要當一個檢察官。

那時她看見母親躺在醫院的病床上，手上插著吊點滴用的針頭，還有一條從腹部接出來的管子。

自從父親死後，真生一直思考著為何自己的父親非得被人殺死？為何母親非得承受這般折磨？真生無法原諒那個害她一家人陷入不幸之中的人，即使在她感到痛苦時，那個人也一樣能吃自己愛吃的食物、能看著電視開懷大笑、能無憂無慮地在街上行走。

真生不甘心極了。她恨透了奪走一條人命，卻可以像什麼事也沒發生過一樣，照常過著生活的凶手，也怨恨不制裁犯罪者的法律。

一開始，真生不知道應該把這股怒氣的箭頭指向何處。不過，長期看著母親躺在病床上的身影後，真生終於知道該把箭頭指向何處。

真生告訴自己，既然沒有人願意幫忙制裁犯罪者，就讓自己站上能制裁犯罪者的立場。

真生不希望任何人和她一樣遭受不合理的痛苦折磨。不論有什麼樣的理由，犯下罪行的人都應該接受制裁。這才是所謂的平等！這才是遵守社會秩序，更是保護自身的做法！真生的意念堅定。

——我絕對會讓犯罪者贖罪！

真生加重力道踩下油門。廣播節目從充滿回憶的歌曲，換成了流行歌曲。

8

經思考後，決定以「感情糾葛」為殺害動機。如美津子所說，這樣的動機最適合用在愛好女色的島津身上。

光治和美津子兩人一起構思情節，大致上的安排如下。

島津和美津子偶然認識彼此後，培養出親密關係。美津子如癡如狂地愛上島津，主動說想要與丈夫離婚，和島津長相廝守。重視面子和地位的島津不可能點頭答應，於是，美津子威脅島津如果不肯與妻子離婚，別說是島津的妻子，就連島津的公司和友人都會知道一切。美津子和島津發生口角，最後在爭吵之間釀成事件。

首先，光治和美津子兩人思考了如何接近島津。這個時代網路普及，想要收集資訊並非難事。

在網路上搜尋島津的名字後，找到了好幾個網站。畫面最上方出現島津建設公司的官網，官網上的董事長欄位寫著島津的名字。光治一字不漏地瀏覽了島津建設的官網內容，但只看到企業沿革和事業內容等企業資訊，幾乎沒有關於島津個人資訊的內容。

島津建設的官網底下是陶藝教室的網站，名稱寫著「島津陶藝教室」。點了連結進入網站後，出現介紹陶藝教室的頁面。代表人和講師的欄位上有著島津的名字，島津的簡略履歷被寫在講師簡介的欄位上。

代表講師島津邦明，生於米崎市。國、高中就讀當地學校，熱衷於棒球活動。高二曾於甲子園出賽。其後進入大學研讀建築學。大學畢業後就業於當地的建設公司，三十八歲時成立島津建設。五十歲時邂逅陶藝，自學展開創作活動。曾參加各種公開徵選作品展以及競賽，並於三年前創辦島津陶藝教室，親自擔任講師職務。亦是出名的陶藝品收藏家，其收藏數量在日本國內首屈一指。

無庸置疑地，這個人就是光治要找的島津。

光治闔上電腦，腦海裡浮現某個男人的身影。光治想起了久保，久保是光治就讀醫學系時的學長，目前在大學附設醫院專任心臟科醫師。久保的高超醫術在縣內也深獲好評，許多有錢人為了請久保開刀，不惜花大錢從外地前來接受治療。

久保不僅因醫術高超而出名，同時也是眾所皆知的陶藝品收藏家。曾有一次，光治送喝醉酒的久保回家。久保硬是帶著光治欣賞他的收藏品，當時就連光治這個不太懂陶藝的外行人看了，也知道那些都不是隨隨便便就可在近郊取得的作品。

久保的高尚人格從以前就獲得大家一致的認同，但前提是在滴酒未沾的時候。久保平常總是露出連小蟲也不願意殺害的和善表情，親切對待周遭的人。不過，一旦黃湯下肚，就會完全變樣。久保會滔滔不絕說起任何醜聞，像是病患的壞話或是醫生同事的八卦。那也就算了，喝到最後還會對店裡的女性毛手毛腳。

當時大家就經常會說久保的病患很棘手。所謂的棘手，並非針對疾病，而是指病患的個性。家財萬貫的病患大多自我意識強烈，雖不知道這些病患是因為一路來已度過無數人生難關而充滿自信，還是靠著金錢的力量為所欲為地一路走來，所以都認為大部分的事情皆可照自己的想法進行。即便是對掌握他們性命的醫生，也是一樣的態度，對醫生提出不合理要求也不是什麼罕見之事。

久保每天都要應付這類病患，也難怪會累積壓力。對於久保，光治多少感到同情。不過，光治沒有義務拖著疲憊不堪的身軀還要陪久保喝酒，所以離開大學附設醫院後，便與久保變得疏遠。

收藏家的世界狹窄。他們靠著彼此之間的聯繫，都知道哪個收藏家持有什麼樣的作品。在網路普及的現代，別說是日本國內，收藏家的資訊網甚至延伸到世界各地。兩個相同領域的收藏家都在日本國內，還住在相同地區，就表示久保很可能認識島津。如果再巧合一些，他們搞不好還會各自帶著引以為傲的收藏品，一起飲酒作樂。

光治立刻聯絡了久保。

接到久違的學弟打來電話，久保顯得十分開心。得知學弟來電還邀約一起喝酒，久保更是一副隨時歡迎的態度，在話筒另一端用著興奮的聲音說：「今天就見個面吧！」光治不禁猜想在醫院裡可能沒有人會和久保一起喝酒。

光治決定去一家距離大學附設醫院最近、地點稍微偏離鬧區的高級日本料理餐廳。他刻意挑選一家不會被人看見、可以和久保兩人單獨說話的地方。光治說出餐廳名稱後，久保提議不要去那麼拘謹的餐廳，換一家可以輕鬆喝酒的地方。久保說的「可以輕鬆喝酒的地方」，指的就是有女公關相陪的酒店。「我知道久保學長對吃的東西很講究，所以特地安排了一家高級餐廳，吃完飯後我們再去可以輕鬆喝酒的地方。」光治這麼告訴久保後，久保似乎挺滿意被人稱讚，也就沒有再反對了。

事隔十年再見到久保，光治發現久保消瘦得令人難以置信。以前久保的鷹勾鼻被渾圓飽滿的臉頰擠得毫不顯眼，但現在隨著臉頰削瘦，變得相當突出。唯獨一雙大大的眼睛還是和以前一樣骨溜溜的。

「我得了糖尿病。」

久保在光治詢問之前，主動說出變得消瘦的原因。久保表示自己在兩年前接受定期健康檢查時發現罹患糖尿病，現在靠打胰島素來控制病情。

光治知道糖尿病患不宜喝酒，所以詢問久保邀他喝酒是否不妥，但久保回答壓力也是讓他被糖尿病纏身的原因之一。久保以「喝酒有助於消除壓力，所以喝酒無妨」為藉口，一口喝光小瓷酒杯裡的清酒。聽到久保這麼說，光治鬆了口氣。雖然感到過意不去，但對光治來說，清醒的久保一點用處也沒有。

雖然這十年來久保的容貌改變，但黃湯下肚後嘴巴就會變得不牢靠的地方依舊不變。喝了四壺，每壺容量約三六〇毫升的清酒後，光治已經記住了大學附設醫院目前所有人際關係圖和勢力圖。

從下一任院長的人選名單，到醫生與護理師的外遇醜聞，久保滔滔不絕地說個不停，讓光治想插嘴說話都有困難。如果是愛聽八卦的護理師，肯定會眼神發亮地聽得眉開眼笑，但對光治來說，別說是院內的派系鬥爭，光治對他人的戀愛緋聞根本一點興趣也沒有。更何況光治今天是另有原因，才會邀約久保喝酒。光治改變話題說：

「對了，嗜好方面呢？我記得學長很喜歡陶藝，收藏了數量相當驚人的陶藝品。學長現在也還繼續在收藏嗎？」

久保一副彷彿在說「沒想到你還知道這件事」的模樣瞪大眼睛，似乎忘了自己曾經硬是把光治拉進家裡過。光治說出自己曾經到久保府上打擾過一次才有機會看到收藏品後，久保得意地撐大鼻孔說：「現在的數量比那時候更多了。」

在那之後，久保不停炫耀自己的收藏品炫耀了好一會兒。雖然光治一點也不在乎這些事情，但若是打壞久保的好心情，可就前功盡棄了。光治表現出興致勃勃的態度，聽著久保的炫耀話語。

久保伸手拿起酒杯，停下來喘口氣。趁著這正好的空檔，光治把話題帶入原先的目的說：

「學長有那麼多收藏品，應該會有人說想要看收藏品，到學長家裡拜訪吧？」

「一點也沒錯！」

說著，久保的臉垮了下來。久保告訴光治，醫生當中也有不少人在收藏陶藝品，所以有時到外地參加學會活動時，就會到對方住家欣賞收藏品。相反地，當學會在久保居住的地區舉辦活動時，收藏家的醫生朋友們就會一群人湧入久保住家。

「一群人到我家的時候，有個叫作有路的男醫生才是誇張。他說我的收藏品當中有個茶具讓他愛不釋手，一直叫我出個價賣給他，不管我怎麼推辭也不肯聽。後來聽到我說不管怎樣都不可能讓出那個茶具時，他那表情實在是……」

久保一邊說話，一邊津津有味地喝酒。光治才不想聽醫生之間的話題，於是轉移話題的方向說：

「我聽說過全國各地都有收藏家，除了久保學長之外，這一帶地區還有其他收藏家嗎？」

久保在酒杯裡倒滿酒，一邊小口啜飲，一邊思考起來。久保說出了幾個人名，光治耐心等待著島津的名字出現。光治本打算萬一久保沒有提及島津，就自己主動提起島津的名字。不過，久保在說出幾個人名後，提起了島津。

「島津邦明。如果要勉強說那傢伙是收藏家，應該也算是吧。我是說看在外行人的眼中，會覺得他是收藏家。」

光治硬是壓抑住想要大喊痛快的衝動，佯裝不知情地附和說：

「喔，我聽過他的名字。印象中好像是島津建設的董事長吧？」

「沒錯。」

久保應了一聲後，開始聊起島津的話題。對久保來說，島津的話題想必與他整晚提到的那些人一樣純粹是在聊八卦話題，但對光治來說，則是引頸期盼的資訊。

照久保所說，島津除了擔任自己設立的島津建設公司董事長職位之外，也身兼多職。島津既是成員多為當地企業代表人的扶輪社副幹事、公益社團法人的高爾夫球隊顧問，也是市政府所設立之促進環境改善協會的副理事。除此之外，島津也擔任某些不曾聽過的團體名譽會員或諮詢顧問等職務。島津所從事的活動缺乏一致性，從這點不難看出他是個極度熱衷於追求名聲的人。

不過，如此重視名聲的島津也擁有純粹為了享受其中樂趣的嗜好，也就是陶藝。

島津從以前就對陶藝品深感興趣，據說擺飾在他家中的陶藝品從備前燒（註6）、九谷燒（註7）到益子燒，各種類型應有盡有。照久保所說，光是數量，島津的收藏品在日本也是數一數二的可觀，而在陶藝品收藏家之間，島津利用金錢力量到處搜購陶藝品的低級收藏作風飽受批評。

「聽說他的收藏相當值得一看，但我就是沒有意願去觀賞。像那種人我才不想認同他是收藏家。」

這麼聽來，久保似乎不曾見過島津。「話說回來……」久保先這麼說了一句後，收起臉上的不悅表情，露出冷笑說：

「一個不知羞恥的人永遠也不會知道何謂羞恥心。」

原來久保是在指陶藝教室一事。久保想表達的意思就是，一個不懂陶藝的人居然當起講師，想讓人笑破肚皮也不是這樣。光治裝出沒聽過有這碼子事的模樣。

「學長的意思是建設公司的董事長不僅會玩水泥，還會玩陶土？」

聽到光治的挖苦話語後，久保笑著做了否定。雖然陶藝教室的負責人是掛著島津的姓名，但實際上是其他人在負責指導學員。據說陶藝教室初設立時，島津曾親自擔任過講師，但臨陣磨槍的功夫當然不可能指導得了別人，學生人數也因此越來越少。島津再怎麼自以為是，也領悟到不能繼續這樣下去，於是聘請了臨時講師。這位臨時講師不僅擁有真本領，人品也很好，一度減少的學生人數又多了起來，現在則是一直保有固定的學生人數。

「也就是說，他本身不會去陶藝教室囉？」

「他會去。」

久保拿筷子夾起燉煮料理繼續說：

「即便沒有指導學生的本領，島津似乎只要有可以講評學生作品的機會，也就感到滿足。聽說就算再忙，他也一定會撥時間到教室露臉。當董事長的人還真是自由喔。」

所有料理都吃個精光後，光治和久保離開了餐廳。在那之後，兩人去了有女公關相陪的酒

註6：備前燒是日本具代表性的陶瓷藝品，於岡山縣備前市伊部一帶燒製，並擁有千年的歷史。其特色在於完全不使用任何華麗的釉彩，強調泥土原有的溫潤質感。

註7：九谷燒是日本的陶瓷藝品種類之一，發源於十七世紀後半，於石川縣南部的金澤市、小松市、加賀市等地區燒製，屬於彩繪陶瓷藝品。

店。久保早已醉意醺然，一到店內便心花怒放地對女公關毛手毛腳起來。

光治在久保面前做好讓店家把帳單寄給自己的安排後，隨便找個理由表示有事必須離開。久保知道光治會負責買單後，也就沒有強留光治。看著久保摟著女公關的肩膀，光治心想久保恐怕早已欲火焚身，滿腦子想著今晚要怎麼設法把懷裡的女公關帶出場。

回到家裡後，光治把今天從久保口中打聽到的事情一五一十地告訴美津子。美津子坐在餐廳的椅子上，保持沉默地聽著光治說話。光治說完之後，美津子抬起頭告訴光治她要去島津的陶藝教室上課，美津子表示要以學生的身分去接近島津。

光治勸美津子不要那麼做。雖然光治決定加入美津子的計畫，也試著探聽了島津的狀況，但真的來到要付諸行動的階段後，光治不禁猶豫起來。然而，美津子的決心堅定。不論光治如何勸阻，美津子就是不肯點頭接受，她告訴光治她打算明天就去陶藝教室。光治詢問美津子是否當真要去陶藝教室，美津子用力點了點頭。

隔天，光治一整天都無法專心投入工作。替病患看診時，光治也滿腦子想著美津子。美津子見到島津了嗎？如果已經見到島津，不知道美津子會表現出什麼樣的態度？面對殺死兒子的仇人，美津子會不會迷失自我地抓住對方不放？光治不由得淨是往壞的方向思考。結束一天的看診工作後，光治哪兒也沒去便直奔回家。

美津子表情黯然地出來迎接光治，看來美津子似乎沒見到島津。

照美津子所說，她在陶藝教室的服務台填寫課程報名表時，寫了假地址和假姓氏。美津子付了三個月的學費，也參觀了教室，但沒有看見島津的身影。「請問島津老師在嗎？」美津子這麼詢問辦公人員後，辦公人員回答剛開課當時島津老師經常會來教室，但最近幾乎都是交給代理講師上課，所以不會來教室。

久保那傢伙竟敢隨便糊弄我！

光治在心中咒罵久保。不過，湧上光治心頭的怒氣很快便散去。光治的腦海裡閃過一個念頭。他想如果沒見到島津，計畫就會行不通，搞不好美津子也會放棄執行計畫。

然而，美津子並沒有放棄。

美津子聽到辦公人員說明島津不會來教室時，情急之下撒了謊。

美津子想起陶藝教室的官方網站上可看到島津的陶藝作品，便說自己是被島津老師的作品深深吸引，才會想來教室上課。美津子還說非常希望讓島津老師教她捏陶，並詢問辦公人員要怎麼做才有機會見到島津老師。辦公人員思考一會兒後，一副忽然想到什麼的模樣離開座位，去到最裡面拿了一張傳單回來。

「就是這張傳單。」

美津子把傳單遞給光治說道。傳單上寫著「島津邦明的陶藝個展」，還印上一張不知道該形容是捏得好還是捏得差的俗氣器皿照片。

「島津每年都會舉辦一次個展，展出自己的作品。那個辦公人員說只要去到展場，應該就可以見到老師。」

個展的展出日期從半個月後的星期日開始，預計展出一星期。

「我會去看個展。」

美津子說。

「妳去那裡要做什麼？」

光治詢問後，美津子以堅定的目光看著光治說：

「我要去見島津。」

美津子說自己會想盡辦法去接近島津。

「島津是個自尊心很強的男人，我打算好好利用他的自尊心。我會表現得很謙卑，然後拍馬屁地拚命誇獎他。不管怎樣一定要讓他對我有印象，然後苦苦哀求說：『請老師一定要找時間跟我聊一聊陶藝的事情。』」

如果島津沒有上鉤，美津子的計畫就會宣告失敗，實在難以預測有多少勝算。

「要是島津沒有上鉤，妳打算怎麼辦？」

光治問道。

「我會想其他方法。」

這樣簡直就像沒有定出箭靶，只知道對著看不見的目標胡亂射箭。光治心想這個計畫果然行不通，搖頭回應美津子的回答。美津子從容不迫地面帶微笑說：

「老公，不用擔心。有小卓陪著啊！」

美津子握住光治的手。
光治抬起頭看著美津子的眼睛。
光治感到背後一陣寒意。
美津子揚起嘴角露出微笑，但眼裡沒有一絲笑意。冰冷的表情之中，惟獨雙眼散發出異樣的熱度。光治的腦海裡浮現「執念」兩字。
美津子加重力道握住光治的手。
「不管要做什麼我都不怕，我一定會成功勾引島津。」

個展第一天，美津子精心做了打扮。
美津子平常習慣穿著低調樸素的服裝。她的衣服大多是灰色或咖啡色等沉穩色調，款式上也多是走簡樸風格。然而，這一天，美津子穿上顏色醒目、高度暴露的服裝。臉上的妝也從平常近乎素顏的自然妝，換上了濃妝，美津子連幾乎不曾塗抹過的指甲油也塗上了。這一切都是為了吸引島津的注意。
個展在位於市中心的藝廊舉辦，光治開車送美津子到展場附近。
「我去了喔。」
美津子走下車後，微風吹起她的髮絲。
美津子在人行道上走去。那身影簡直變了一個人，從賢慧的妻子變成妖豔的女人。沒想到女人可以靠著服裝和化妝改變這麼多。光治抱著不可思議的心情，望著身為自己妻子的女人。

美津子走到接近斑馬線的位置時，一名男子趁著擦身而過之際看了美津子一眼。男子毫不客氣的目光像要透視服裝底下的身材，一陣近似憤怒的心痛掠過光治的胸口。

光治感到困惑。年輕時，光治經常會感受到這般心痛。像是美津子看似開心地和其他男生聊天，或是聽到有男生喜歡美津子的話題時，光治就會感受到這般心痛。光治和美津子結為夫妻已過了二十年，光治也已經年近五十。光治自身也感到意外，沒想到自己已經走過一半的人生，內心卻還保有青澀的情感。

光治凝視著美津子背影在遠方人行道上逐漸縮小。

美津子正準備接近島津。島津會用什麼樣的目光去看美津子，美津子又會用什麼樣的眼神回應島津的目光？他們會交談什麼？他們會彼此笑臉以對嗎？

胸口的疼痛感越來越強烈。光治保持腳踩在油門上的姿勢，遲遲無法用力踩下。

到了下午一點多鐘，光治才接到美津子的電話。光治送走美津子後，已經過了兩個小時。

光治一直在附近的咖啡廳消磨時間，接到電話後便立刻去接美津子。

美津子在從展場步行約十分鐘路程的便利商店前方等候。光治一把車子停靠路邊，美津子立刻迅速鑽進後座。

「狀況怎麼樣？」

光治一邊開車，一邊問道。美津子在後座深深嘆了口氣。

「我想吐。」

「是不是身體不舒服？」

光治一邊轉動方向盤，一邊透過後照鏡看向美津子。

美津子揮手說「不是」，跟著露出苦笑說：

「我是說光是想到島津，就覺得想吐。我身體狀況好得很，感覺就像根本沒有生病。」

美津子看起來不像在說謊。可能是因為情緒高漲，美津子的臉頰微微泛紅，血液循環的狀況還不錯。確實如美津子所說，一點也不像受到病魔侵蝕的人。

光治詢問美津子背部是否有疼痛感，美津子搖搖頭說：

「止痛藥似乎滿有效的。」

美津子所服用的止痛藥比一般止痛藥來得強，這是基於美津子本人的要求。美津子告訴光治如果她痛得動不了身體，計畫就會泡湯，所以想要服用強效的止痛藥。

有時藥效過強會造成身體的負擔，還是不要服用強效止痛藥比較好。光治表示反對，但美津子就是不肯點頭，美津子眼神堅定地拜託光治讓她照自己的想法去做。光治抵抗不了美津子的堅定眼神，只能照著美津子所願開立處方箋。

「島津有去展場。」

美津子讓身體深深陷入後座車椅低喃道。

幾乎所有主辦人都會在活動第一天露臉，所以島津肯定會在展場。美津子當初的預測一點也沒錯。

照美津子所說，約二十坪大的展場裡客人進進出出，絡繹不絕。不過，終究是外行人的個展，所以有大半客人是自家人。從大家都彼此認識，也都親切向島津打招呼的態度，就能夠證實這點。

美津子趁著人潮散去的空檔，主動向島津搭腔。或許早就很在意陌生面孔的客人，島津上下打量過美津子後，詢問美津子的身分。

「我是那個被你撞死的小孩母親，我差點就要這麼說出來。」

美津子在後座露出帶有自嘲意味的笑容。

美津子報上假姓氏，把在陶藝教室對辦公人員說過的話也對島津說了一遍。她告訴島津在官方網站拜見到老師的作品而被深深吸引，說什麼也想見老師一面，今天才會來到展場，還說自己很榮幸有機會見到老師。

聽到陌生人的誇獎話語後，島津眉開眼笑，在美津子的面前興高采烈地分享陶藝知識。

美津子說自己在聽島津說話時，一股恨意湧上心頭，費了很大工夫才保持住冷靜。

「這是島津的名片。」

美津子將名片朝向後照鏡的方向，好讓正在開車的光治看個清楚。

「名片背面寫著島津的手機號碼。島津遞名片給我的時候，親手寫上去的。我本來在想如果他沒有留手機號碼給我，就要催促他，但幸好他自己寫了，我也省了麻煩。」

陽光從車窗外照射進來，美津子舉高名片遮擋陽光。

「我跟島津說很希望他到教室教我捏陶，結果他就跟我說下星期會找時間去教室。雖然不確定他是不是真的會去，但只要有這張名片，就可以主動跟他聯絡。想要跟島津見面的方法多得是。」

路口亮起了紅燈。

光治踩下煞車踏板。

對話停頓下來。

光治隔著後照鏡看向美津子。

美津子方才還那麼活力充沛，此刻的表情卻黯淡下來。美津子眼神空洞地靠在後座車椅上。

「怎麼啦？」

光治轉過頭問道。美津子凝視著眼前的虛無說：

「那男人果然不認得我。他要是曾經來替小卓上過一次香，應該會認得我才對。那樣就可以避免這次的計畫。」

美津子臉上浮現悲痛的表情。光治猜想她應該是在第一次與仇人面對面後，被喚起當初剛失去兒子時的怨恨與悲傷情緒。

後方的車子傳來喇叭聲。

紅綠燈已經轉為綠燈。

光治沉默不語地踩下油門。

證人席上的男子好不忙碌地轉動著眼珠。男子並非在找人，純粹是不想與任何人對上視線，才會讓視線在空中遊走。

「您是五十嵐雅司先生，對吧？」

真生的聲音在法庭上響起，旁聽人的目光紛紛集中到男子身上。被稱為五十嵐的男子嚇一跳地抖了一下肩膀。五十嵐露出害怕的眼神看向站在檢察官席的真生，彎腰弓背地將身體縮成一團，那模樣簡直像是被告。

「您的名字是五十嵐雅司沒錯吧？」

真生再次確認後，五十嵐急忙點了點頭。真生低頭看向手邊的文件，展開證人詰問說：

「五十嵐先生，您今年五十五歲，對吧？您在當地的計程車公司上班已經超過二十年以上，是嗎？」

「是。」

五十嵐回答後，用食指揉了揉鼻尖。

真生走向證人席，與五十嵐正面相對。

「請問發生這次事件的去年十二月十九日當天，您在做什麼？」

五十嵐僵著身子不知道嘀咕了什麼。然而，五十嵐的聲音太小聲，根本聽不清楚。就連距離五十嵐最近的真生都聽不清楚了，想必法庭上沒有任何人聽見五十嵐說了什麼。真生準備開口要求五十嵐大聲說話時，審判長寺元搶先一步叮嚀五十嵐。五十嵐聳起肩膀，一副泫然欲泣的表情。做了一次深呼吸後，五十嵐總算以聽得見的音量開口說話：

「那天我上晚班，從傍晚五點開始上班。」

「星期六會比平常忙嗎？」

可能是真的很緊張，五十嵐答非所問地說。

「一方面因為是星期六，那天比平常載了更多客人。」

真生沒有多加追究，選擇更換問題。

「您平常都是怎麼載客的呢？舉例來說，您會在市區繞來繞去，看有沒有散客要搭車，還是會在車站或機場等固定地點等待乘客上門呢？」

「我平常會在公司待命，或是在市區繞來繞去看有沒有人要搭車。週末會在固定地點等待。」

「請問是在哪裡呢？」

可能是緊張到喉嚨發乾，五十嵐不停舔著嘴唇。

「格蘭維斯塔飯店。」

「也就是發現被害人的地點啊。」

真生沒有特別針對某人說話，只是喃喃自語地說道。
「是的。」
五十嵐有禮貌地回應了真生。
「請問您在幾點鐘載了被告？」
真生切入主題問道。
「晚上九點三十五分。」
「確定是這個時間沒錯嗎？」
五十嵐紅著臉說：
「確定。因為我每次都會確實記錄乘客的乘車紀錄。」
也許是清楚知道自己的優點在於個性認真，五十嵐一副受不了質疑話語的表情。
「請問您載被告去了哪裡？」
五十嵐說出被告的地址。
「您載被告到家門前嗎？」
五十嵐歪著頭說：
「不知道耶，但應該就在附近。」
「您這話是什麼意思呢？」
「因為當時客人沒有跟我說停在某棟房子的前面，而是說『讓我在前面的轉角下車就好』。

不過，那一帶是住宅區，沒有店家好去，所以我才會說應該就在附近。」
真生點了點頭，表現出接受五十嵐說法的態度。
「請問被告上車之後，狀況看起來怎麼樣？」
五十嵐皺起眉頭說：
「看起來很慌張。」
「為什麼您會這麼認為呢？」
「感覺像是滿頭大汗的樣子。」
「當時又不是炎熱的夏天，被告卻滿頭大汗啊？」
五十嵐點了點頭。
「不只拿手帕按壓額頭和脖子好幾次，聲音也有些顫抖。」
「還有什麼其他狀況嗎？」
真生追問道。
「要我趕快開車。」
真生補充說：
「意思是說，被告想快點回家嗎？」
五十嵐應了一聲「不是」後，繼續回答：
「感覺上不是要我趕快開往目的地，而是要我趕快離開現場。」

「為什麼您會這麼認為呢？」

「因為對方好像很著急，所以我問說是不是在趕路，我還問了有沒有要趕在幾點鐘之前抵達目的地。因為如果是在趕時間，我們也會調整一下開車路線。畢竟要準時把客人送到目的地才稱得上專業。」

說到「專業」兩字時，五十嵐微微挺起了胸膛。

「被告怎麼回答您呢？」

五十嵐又恢復原本的姿勢說：

「說不是。所以，我才會覺得不像是急著要去哪裡，而是想要趕快離開現場。」

「原來如此。」

真生這麼低喃一句後，把原本落在地面上的視線移向五十嵐。

「被告還說過什麼呢？」

「什麼也沒說。」

「什麼也沒說嗎？」

五十嵐點點頭說：

「客人跟我說了地址後，就只是一直看著窗外沒說話。」

「會不會是身體不舒服呢？」

五十嵐停頓了一會兒才開口回答：

「有可能。那個人一直用手帕摀住嘴巴，氣色看起來也很差。」
可能是適應了法庭的氛圍，五十嵐變得多話。
「那時想說應該是喝了酒，所以我主動對著後照鏡問是不是不舒服。妳也知道萬一客人在車上嘔吐，清理起來很麻煩的。我那時已經做好打算，如果回答是不舒服就馬上停車。」
「被告怎麼回答呢？」
「對方一副像在說沒事的模樣點了一下頭之後，又開始看向窗外。」
「雖然被告點頭表示自己沒事，但明顯看得出來不是處在正常狀態。」
真生的口吻像在發問，也像在做確認。
五十嵐立刻回答：
「是的，不是正常狀態。」
真生從正面看向五十嵐說：
「那狀態也可以形容是不想被人發現自己很慌張，對吧？」
五十嵐一臉納悶的表情看著真生，看見五十嵐似乎掌握不到話語的含意，真生繼續說：
「因為發生出乎預料的事情，所以被告十分慌張，而且打算隱瞞這件事。至於這個出乎預料的事情，舉例來說，有可能是不小心殺害了從以前就爭吵不斷的交往對象之類的。」
坐在法官席上的年邁女裁判員臉色沉了下來。或許是「殺害」兩字讓女裁判員有了這般反應。

「我反對！」
佐方從椅子上站起來。
「這樣是在誘導證人。」
法庭裡的人們目光集中到寺元身上。
寺元用指尖頂了一下金框眼鏡的邊角說：
「反對有效，請檢察官換別的問題。」
女裁判員以眼角餘光看著被告，眼神中流露出對殺人犯的恐懼心情。
真生闔上文件，揚起嘴角讓臉上浮現笑意。
「我的證人詰問到此結束。」

10

島津的陶藝教室每週上兩天課，時段是星期一和星期四的下午。
舉辦個展後的隔週星期一，美津子出門去了陶藝教室。光治一回到家裡，立刻走到廚房去。
美津子正在流理台前準備著晚餐。
「結果怎樣？島津有去嗎？」
光治搭腔後，美津子回過頭，揚起嘴角笑著說：

「有。」

照美津子所說，島津一發現美津子在教室裡，立刻親切地上前打招呼。「可以見到老師真是太開心了！」美津子這麼回應後，島津一副色瞇瞇的表情露出微笑。

姑且不論美津子，教室裡的其他學生看見久違的講師代表人現身，也都表現得無比熱情。光治猜想島津在這時應該就已經對美津子心懷不軌。還有，島津原本都快遺忘被人稱呼老師的快感，想必也在這時再次被喚起。從那天開始，每次上課島津都會現身教室。

美津子也每次必到教室上課。每次去上課的當天晚上，美津子都會鉅細靡遺地向光治報告島津的狀況。好比說，美津子會告訴光治今天是她主動向島津搭腔，或反過來是島津主動向她搭腔之類的狀況。島津和美津子的對話內容也從跟自我介紹沒什麼差別的微不足道話題，漸漸轉變成如個人嗜好、經常光顧的店家或旅行回憶等私人話題。從這點可看出島津和美津子之間確實已拉近距離。

計畫進行得很順利，美津子總會開心地描述進度。看著美津子這般模樣，光治就快忍不住脫口說出「放棄計畫吧」。計畫進行得越順利，光治內心的喜悅、迷惘、妒忌情緒越是複雜交錯。然而，看見美津子平常總是眼神黯淡無光，只有在提到島津時才會變得雙眼炯炯有神的模樣，光治什麼話也說不出口。

美津子上陶藝課上了一個月左右時，光治決定前往陶藝教室一趟。光治很想知道美津子會如何與島津相處。

島津所經營的陶藝教室位於偏離市中心的位置。光治在舊街上開了很長一段路後，看見一棟被竹林包圍、老屋風格的房子。其入口處掛著寫上「島津陶藝教室」的招牌。光治在竹樹外圍找個地方停好車。

光治推開格子拉門一看，發現屋內是未經鋪設的泥地。踏進屋內後，土壤的氣味立刻撲鼻而來。

天花板上可看見粗大的橫梁，泥地的正中央豎著一根與橫梁一樣粗大的柱子。包含地板和門框在內，整棟房子都泛著黑光，那是經過長年保養而形成的亮澤感。即便光治是個不懂建築物的外行人，也看得出來這是一棟歷史相當悠久的房子。光治猜想應該是把原本預定拆除的民宅遷築到了這裡來。

光治往泥地最深處看去，看見一塊鋪上榻榻米的架高空間。榻榻米上擺設著格子屏風以及矮平桌，那光景讓人聯想到古時候的帳房。

一名女子坐在矮桌前，想必是之前和美津子交談過的辦公人員。

「您是來參觀的嗎？」

光治脫下鞋子爬上榻榻米後，女子搭腔問道。光治回答「是」之後，女子遞出一本以和紙製成的名冊。光治隨便寫了假名後，遞回給女子。光治並沒有寫上聯絡地址。女子收下名冊後，指向走廊最深處說：「教室就在前面那裡。」

光治看女子似乎沒有打算帶路，於是獨自往教室的方向走去。在走廊上前進很長一段路後來到了中庭，光治心想可能走錯路，正打算折返回去時，看見隔著庭院的另一端有鋪上榻榻米的架高空間。榻榻米上有十幾名男女夾著長桌而坐，每個人拿著器皿揮動手上的筆。他們是陶藝教室的學生，榻榻米空間即是教室。

因為怕被學生們發現，光治在庭院裡從樹木縫隙間偷偷觀察著。

榻榻米空間的最深處有一張矮桌，矮桌前坐著一名男子。男子就是島津。島津身穿工作服，一副在鑑定的模樣上下左右看著手上的器皿。

恨意如滾水般陣陣湧上光治的心頭。

似乎有人呼喚島津，島津從座位上站起身來，他穿過排成兩排的桌子中間，往窗戶邊走去。窗戶邊出現美津子的身影。美津子背對著壁龕，面向庭院而坐。從光治的位置可以清楚看見美津子。

島津在美津子身邊坐了下來。他探出頭看向美津子手邊，不知對美津子說了什麼。美津子看著手上的器皿，表示認同地點點頭後，緩緩抬起頭。美津子的嘴角浮現妖豔的笑容。

光治不由得握緊拳頭。美津子對島津根本沒有一絲好感，而是恨之入骨到想要殺死島津的地步。儘管心裡明白這般事實，看見美津子對著島津微笑，島津因此得意地回以笑容的畫面，還是讓光治感到胸口如針扎似地刺痛不已。

美津子忽然變換了姿勢。美津子解開原本跪坐著的雙腳，側著身體斜坐。因為滑動了雙腳，美津子的裙襬跟著往上滑，隨之露出白皙的膝蓋。島津就坐在旁邊，想必可清楚看見美津子的雙腳。

美津子把膝蓋貼近島津的大腿。島津在臉上浮現邪笑，跟著假裝要坐正身子，趁機讓自己的腳貼近美津子的膝蓋。兩人的身體在桌子底下互相碰觸。美津子抬高頭，勾起眼睛斜看向島津。島津也低頭俯視著美津子。兩人的視線糾纏在一起。

光治至今仍忘不了美津子當時的模樣。

那時在教室裡的女人不是美津子，至少不是光治所認識的美津子。

美津子不是會主動引誘男人的女人，她是覺得那是可恥行為的女人。然而，出現在光治眼前的美津子並非如此。美津子仰望島津的視線妖豔得讓人心頭發癢，貼在島津腿上的膝蓋引誘著對方。美津子比平常多敞開一顆鈕扣的襯衫胸口隱約露出白皙的肌膚，全身散發出來的性感氣息甚至隔著庭院蔓延到光治這頭來。

不准碰美津子！

光治在心中大喊。被火吻身般的痛楚在光治體內四處流竄，讓光治的內心越發焦躁。美津子是在演戲！眼前所見的一切光景都是虛假的！光治明白這一切，但就是無法控制情緒。

不知經過幾秒鐘還是幾分鐘後，傳來學生呼喚島津的聲音。

美津子和島津解開互相凝視的視線。在那同時，光治呼出一口氣，這下他才發現自己下意識地屏住了呼吸。

島津一副什麼事也沒發生過的模樣站起來，美津子也一樣若無其事地在器皿上揮筆。

光治鬆開緊緊握住的拳頭，手心上滿是汗水。光治的手心印上指甲痕跡，可見他握住拳頭的力道有多強。

光治再次把視線移向教室。島津正在教導其他學生如何上畫。

光治篤定地想：「島津肯定會上鉤。」

光治轉過身子，背對教室離去。光治沒有回頭看，一心只想盡快離開這個地方。

掌握到島津對自己感興趣後，美津子展開下一個行動。美津子開始頻繁在晚上外出，目的是為了讓鄰居以為美津子在外面有男人。

在那之前，美津子鮮少晚上不在家。如果有上班，或許還會因為交際上所需而喝酒，但美津子是個家庭主婦，頂多每半年出門一次去和學生時期的朋友見面喝酒——這般作風的美津子變成一星期會外出兩、三次。美津子會在晚上七點左右出門，直到深夜才回家。事實上，美津子外出後，都是在事先預約好的商務飯店裡消磨時間。

回家時美津子都是搭乘計程車。美津子會刻意讓計程車停在家門前，也曾經和從屋內走出來的光治發生口角。光治會責怪美津子外遇，美津子則會逼光治離婚。在深夜裡的寧靜住宅區，兩人的爭吵聲特別響亮。不用說也知道兩人是在演戲，這一切的安排都是為了讓周遭人們誤以為美津子在外面有男人。

計畫進行很順利，鄰居們似乎都深信美津子有外遇。平常隔壁太太一看見光治出現在玄關處，總會親切地打招呼，現在變得會閃避光治。隔壁太太會面帶僵硬的微笑，慌慌張張地躲進家裡。早上光治去丟垃圾時，在垃圾堆前站著聊天的主婦們都會匆忙散開。謠言在社區內流傳開來的速度比光治預料中的更快。

在陶藝教室方面，也沒有鬆懈下來。

上完課後，美津子會邀約幾個學生一起喝咖啡。美津子特地挑了愛聊天、嘴巴不牢靠的女同學。一開始大家都是閒話家常，聊著跟陶藝或家人有關的話題；等大家變成知心好友後，話題開始轉移到他人的流言蜚語。話題內容總是縈繞在教室的某某人和某某人關係惡劣，或是某某人和某某人在交往等人際關係上面。

聊著聊著，大家自然會聊到島津的話題。大家會假裝無意地探聽起島津和美津子的關係，說一些「美津子小姐，我看島津老師特別喜歡妳呢！」「除了上課之外，妳們會在外面碰面嗎？」之類的話語。只要看過美津子和島津在教室裡的互動狀況，理所當然會感到好奇。

對執行計畫的美津子來說，也是因為預想到大家會探聽，才主動邀約喝咖啡。事態順利進展讓人暗自竊喜。美津子說出事先預想好的答案，她不會明說自己與島津有關係，但會在言語之間讓大家覺得兩人有關係。

每次和大家喝完咖啡的那天晚上，美津子一定會對光治說出同樣的話語。

「大家都說很羨慕我。說我們只有夫妻兩個人，也不需要擔心經濟問題，可以做自己喜歡做的事情過日子。不僅如此，還可以談戀愛談得那麼開心。在她們眼裡，肯定覺得我生活得無拘無束、悠閒自在吧。」

在陶藝教室，光治的身分是個創業家，和美津子都是不生小孩主義者。

美津子用面紙拭去口紅，臉上浮現落寞的笑容。

「明明現實中的我根本只是利用沒剩下多少日子的性命，在替兒子報仇。」

「妳這樣真的無所謂嗎？」

光治問道。

一旦執行了計畫，不僅會被烙上不守貞操的汙名，還會被汙辱成是一個癡情過頭到引起殺人事件的女人。雖說是為了替兒子報仇，但妳這樣真的無所謂嗎？

美津子露出有些驚訝的表情後，立刻搖頭說：

「別人怎麼看我，我都無所謂。就算被罵得很難聽，我也不在乎。只要能替小卓報仇，我什麼都好。」

美津子的語氣堅定。美津子已經做好心理準備，她不僅願意捨棄性命，也願意捨棄一切來報仇。

停頓一會兒後，美津子反過來詢問光治：

「你無所謂嗎？」

美津子的眼神裡帶著歉意，同時也帶著哀求的意味。光治緊抿起雙唇後，握住坐在桌子對面的美津子的手。光治加重力道握住美津子的手取代回答。美津子靜靜地展露微笑。

夏季結束，開始吹起秋風時，島津主動提出了邀約。島津表示想要和美津子小酌兩杯，好好聊一聊陶藝的話題。這時從美津子開始上陶藝課已經過了兩個月的時間。事態進展到這一步，島津早晚會開口約美津子到飯店開房間。

光治和美津子兩人一起物色了與島津幽會的飯店。兩人看了幾家飯店，最後選上位於隔壁米崎市的格蘭維斯塔飯店。格蘭維斯塔飯店是一家高級飯店，距離車站約二十分鐘的車程，其英倫風的建築物深受女性的喜愛。

週末，光治和美津子在格蘭維斯塔飯店住了一晚。因為飯店房間將變成案發現場，所以有必要事先做好調查。兩人入住雙人房，晚餐點了客房服務的餐點，直接呈現出島津與美津子幽會時會有的場景。

兩人查看了浴室、床鋪位置，以及房間裡的備品。最重要的是，即將成為凶器的餐刀。晚餐所使用的餐具和刀叉，全是法國知名品牌的商品。「你們飯店用的餐具很高級呢。」光治對著把餐點送進房間的服務生這麼搭腔後，服務生回答說：「這是我們飯店董事長的堅持，董事長堅持一定要讓貴賓使用優質餐具來品味美食。」

隔天，光治繞道去到百貨公司，購買了和飯店所使用的同一款餐刀。回到家後，光治把剛買來的餐刀放在餐桌上。

「這種餐刀真的殺得了人嗎？」

美津子上下左右看著全新的餐刀，光治在燈光下拿起餐刀。

「嗯，殺得了人。」

燈光反射下，刀刃泛起銀光。

新聞節目裡會報導的刀殺事件，其凶器多是生魚片刀或野外求生刀等刀身長而銳利的刀子。與那些刀子比起來，餐刀的刀刃部位偏短，外觀設計上也帶有渾圓滑順感。美津子難免會質疑餐刀的殺傷力。

不過，光治熟知人體的構造，就他的觀點來說，殺傷力與外觀毫無關聯。只要刀刃的長度足以從皮膚表面刺進內臟，就殺得了人。雖然依個人的體格不同多少會有些差異，但平均來說，從皮膚表面到心臟的深度會落在十公分左右。餐刀的刀刃長度約十公分，用來殺人可說綽綽有餘。

不過，有一個必要條件。

心臟和肺部等內臟被肋骨包覆住而受到保護。生魚片刀或野外求生刀的刀尖銳利，只要刀刃順利刺進皮膚，再來只要靠衝擊力就能貫穿心臟。如果換成刀尖渾圓的餐刀，就沒那麼容易了。餐刀的刀尖若是刺到肋骨，就有可能受到骨頭的阻擋而刺不到心臟。想要讓對方一命嗚呼，必須確實將餐刀刺進肋骨和肋骨之間的縫隙。

美津子摸著自己的胸口詢問光治說：

「我要往哪裡刺才行？」

美津子坐在餐桌的對面，光治伸出手摸著她的胸口說：

「要刺在這裡和這裡之間。」

光治從第五根肋骨的部位往下摸到第六根肋骨的部位。心臟就位在這兩根肋骨的後方。

美津子摸著光治摸過的部位好一會兒後，拿起餐刀抵在光治指出的部位。

「這裡？」

美津子就這麼讓餐刀抵在胸口上，看著光治問道。

光治點點頭說：

「沒錯。」

「好，就是這裡啊。」

美津子站起身子，往電話架走去，接著從架子底下拿出電話簿。美津子把餐刀遞給光治後，把電話簿抱在胸前說：

「你把這個當成身體刺刺看。」

光治驚訝地抬頭看向美津子。認真的目光朝向光治刺來。

「我想知道要用多大的力道去刺才行。」

光治別開視線說：

「不急著現在試吧。」

其實根本不是時間上的問題，光治只是想要躲避美津子。

在得知美津子已經做好等著承受汙名和謾罵聲的心理準備時，光治也告訴自己必須有所決心。然而，必須看著美津子持刀的模樣還是讓光治感到煎熬。

不過，美津子沒有退讓。美津子抓起光治的手，緊迫盯人地說：「拜託。」光治感到遲疑地站起身子。光治雙手握住刀柄，使力把餐刀刺向電話簿。

「咚！」的一聲鈍響傳來，美津子的腳步晃動。

「妳沒事吧？」

看見美津子就快往後倒下，光治急忙扶住她的背。

餐刀在電話簿上刺出約兩公分深的傷痕，美津子一副感到意外的模樣看著。

「你剛剛刺得那麼用力，也才刺進這麼一點點，看來力道要比想像中的更大才行。」

使用菜刀在做菜時，或許會把菜刀當鋸子一樣來切菜，但幾乎不會用刺的。光治曾經使用手術刀動過手術，所以能憑經驗知道該使出多大的力道。然而，美津子不曾拿刀子刺過肉塊，當然不可能知道該如何使力。

「嗯，可能要用整個身體撞上去的力道才行。」

光治從電話簿拔出餐刀，放回桌子上。這回換成美津子拿起餐刀。

「應該會流很多血吧？」

美津子用手指撫摸刀刃。看見美津子注視餐刀的眼神，光治不禁感到一陣惡寒。美津子的眼神裡藏著陰暗的恨意，那或許就是所謂的殺意。

光治粗魯地從美津子手中奪走餐刀。

「一般人很少有機會看到大量血液，大部分的人光是看到鮮血就會慌張起來。也有不少凶手揮刀想要殺死對方，結果只不過造成自衛創傷就嚇得逃跑的例子。」

「自衛創傷？」

美津子問道。光治向美津子說明自衛創傷是指受害者被加害者襲擊而反抗時所造成的創傷。

「這樣啊。」

美津子這麼低喃一句後，對著光治露出微笑說：

「別擔心，我才不會因為看到血就嚇得逃跑。」

美津子把電話簿遞給光治。

「這次換你拿著。」

光治照著美津子所說，接下電話簿。

「擺好姿勢。」

光治把電話簿抱在胸前後，美津子朝向他整個人衝撞過來。光治踩穩腳步，承受住衝擊力；光治看向電話簿，發現他刺開的凹洞旁邊多了一個凹洞。美津子刺出的凹洞深度比光治的凹洞來得淺。

「再一次。」

光治還來不及阻止，美津子已經架起餐刀，光治急忙重新抱好電話簿。美津子用比方才更加強勁的力道，朝光治撞來。餐刀刺了又拔，拔了又刺，美津子反覆做了好幾次相同的動作。光治持續承受衝擊力，額頭上開始冒出汗珠。

「美津子，不要再刺了。」

美津子沒有停下動作。她就像被附了身，不停用餐刀刺著電話簿。美津子的臉上浮現陰森的表情，光治不由得屏住呼吸。

「夠了！」

光治憑著蠻力奪走美津子手上的餐刀。

美津子口中念念有詞，不知道在說什麼。光治豎耳傾聽後，發現美津子反覆說著：「再多一些、再多一些。」

光治不確定美津子說的「再多一些」是什麼意思，是在說必須再多一些力道嗎？還是希望再多一些練習？又或者是再多一些時間就可以順利報仇？光治猜不出美津子的想法。

光治感到無比煎熬，恨不得自己能代替美津子去執行。光治內心的悲傷和煎熬無處宣洩，眼頭不禁熱了起來。

光治把電話簿扔在地上，使力將美津子拉近自己。美津子的纖瘦背部劇烈地上下起伏，光治加重手臂的力道緊緊抱住美津子。美津子漸漸停下顫抖，轉為發出哽咽聲，最後放聲痛哭。美津子揪住光治的襯衫背部，嚎啕大哭。

11

一名青年抬頭挺胸地走到應訊檯前。

青年雙腳併攏，雙手交握在身體前方。青年的姿態端正，從中可窺見他平常出勤時的姿態。

真生從座位上站起來，走近應訊檯。青年直直看著前方，動也沒動一下。青年的年紀雖輕，但給人十分穩重的印象。

真生的目光掃過法官席上的裁判員們之後，才把視線移向青年說：

「您是田澤廣先生，對吧？」

「是。」

田澤的語調像在背誦台詞。

「請問您在什麼地方服務呢？」

田澤用著相同的語調回答：

「米崎市的格蘭維斯塔飯店。」

「也就是成為這次事件案發現場的飯店，對吧？」

聽到「案發現場」的字眼，田澤的表情蒙上淡淡一層陰霾，隨後他點頭回應真生的問題。

「田澤先生，請問您在飯店負責什麼工作呢？」

「我是櫃檯人員。」

真生反覆說了一遍「櫃檯人員」後，接著說：

「發生事件的隔天，您有上班嗎？」
田澤回答：
「有。我們飯店為客人提供二十四小時的服務，所以是採用排班制。我星期天排早班，從上午九點上班到下午六點。」
「所以，您正好遇到事件發生。」
真生接續話題說道。
田澤一副恨透自己當天是早班的模樣，緊咬住下嘴唇。
「您是第一個發現事件的人，請您照實說出發現被害人時的狀況。」
儘管聽到真生這麼要求，田澤還是保持低著頭的姿勢好一會兒。不過，深深嘆了口氣後，田澤緩緩抬起頭，注視著前方陷入回想。
「我們飯店通常都是要求十點之前必須辦理退房。雖然也有可以延遲退房的『Long Stay方案』，但這次遭遇事件的客人是一般訂房。可是，當天過了十點後，客人還是沒有下樓來。」
「後來您怎麼處理呢？」
「十點半的時候，我用分機撥打了一次一二〇七號。一二〇七是客人住宿的房間號碼，但客人沒有接電話。我想客人可能是來不及收拾行李，所以等了一會兒後，才又撥打一次分機。」
「請問您第二次撥打分機的時間是幾點呢？」
田澤在接受警方偵訊時，想必已經被問過這個問題很多次。他毫不遲疑地立刻回答：

「十點四十五分左右。」

田澤接續說：

「第二次撥打分機時，客人還是沒有接電話，我只好聯絡上司。跟上司說明狀況後，我心想視狀況而定，可能需要用備用鑰匙進去房間，於是拜託上司陪同我一起去。我在飯店工作六年了，看過形形色色的客人來住宿。雖然大部分客人都會照規定入住後離開，但當中也有不會這麼做的客人。」

「不會這麼做的意思是？」

真生問道。

「像是故意找碴不肯支付住宿費，或是不遵守退房時間。雖然要應付這類客人讓人很頭痛，但還有另一種更難應付的客人，也就是生病的客人。」

「您是指肚子痛或發燒的客人嗎？」

田澤搖搖頭表示否定。

「如果只是肚子痛或發燒，飯店裡隨時備有藥物，必要時也可以送客人去醫院急救。我說的生病，是指客人已經失去意識暈厥過去的狀況。舉例來說，有可能是腦中風或急性心衰竭，尤其是單獨入住的客人最危險。如果有人一起住宿，就會馬上發現異狀，有時還可避免事態惡化。不過，如果是單獨入住，就不會有人發現，有時會因為暈倒後時間過了太久，以至於來不及急救。」

田澤雖然顯得緊張，但說起話來滔滔不絕。真生猜想田澤可能因為從事服務業的工作，所以很習慣說話。

「您遇過這樣的狀況嗎？」

「只有一次而已。」

對於真生的發問，田澤這麼回了一句後，再次低下頭。

「那次我才到飯店工作不久。有一位女士獨自來旅行，但到了退房時間還是沒有下樓來，於是我拿備用鑰匙進到房間去。進去一看，發現那位女士暈倒在浴室裡。我立刻叫救護車送去醫院急救，暈倒的原因似乎是因為腦血管破裂。後來，那位女士奇蹟般地活了過來，但聽說還是留下了後遺症。」

「您當時以為這次也可能是一樣的狀況嗎？」

田澤抬起頭，表示否定說：

「我一度這麼想過，但立刻改變想法覺得不可能。這次是兩位客人一起入住，如我方才所說，如果當中一位客人身體不適，跟他一起入住的人應該會馬上發現才對。我當時猜想八成是前一晚喝太多酒，所以爬不起來。」

「您打電話給上司後，上司怎麼說呢？」

「上司說他會馬上到房間去，要我帶著備用鑰匙過去。」

「於是，您到了房間。」

田澤面帶悲痛的表情說：

「到了一二〇七號房之後，我按了門鈴。可是，沒有人回應。我邊問邊敲門時，我的上司，也就是部長也來到一二〇七號房。部長平常就是個很有威嚴的人，那時的表情變得更加嚴肅。我告訴部長沒有人回應後，部長要我用備用鑰匙打開房門。畢竟在走廊上吵來吵去，會造成其他客人的困擾，所以我們使用備用鑰匙進入房間。」

田澤的證詞停頓下來，回想的動作想必讓他很痛苦吧。

「請繼續說下去。」

真生催促道。田澤一副彷彿在說「我知道」的模樣頻頻點頭後，再次開口說：

「房間裡拉上了遮光窗簾，室內就像晚上一樣黑漆漆一片。我在門口對著裡面喊一聲『您好』，但還是沒有人回應。我邊呼喚邊往裡面走去。以室內的格局來說，打開房門後左手邊有衣櫃，衣櫃旁邊是化妝室和浴室，寢室在更裡面。我穿過走道，走到接近寢室的位置時，停下了腳步。」

「為什麼呢？」

真生問道。

「因為我聞到很濃的紅酒味。不是那種室內飄來淡淡的紅酒香氣，而是整間房間充滿紅酒味的感覺。我往地板上一看，看見綠色酒瓶滾落在地上。我看到灰色地毯被染成紅色，立刻就猜想是紅酒撒了出來。往房間更裡面一看之後，發現料理散落一地。不僅料理，盤子、叉子也都到處散落。那些都是前一晚客房服務所提供的餐點。」

「您看見房間裡的模樣後，心裡怎麼想呢？」

「我心想應該是有了一場。」

「有了一場是指？」

田澤似乎對使用了自己才懂的字眼感到難為情。他臉頰微微泛紅地說：

「就是指起了爭執。夫妻吵架、男女朋友吵架、親子吵架等爭執是不會挑選場地和時間的。管它是平常還是在旅行地點，爭執說來就來。」

「請繼續說下去。」

真生接受田澤的說明，並催促道。

「站在房間的走道上往正前方看去，會看見置物架。置物架上面擺著電視機和備品等物品。床鋪擺設在窗戶邊，所以從門口看過去會是在死角的位置。我心想客人可能還在休息，所以輕手輕腳地探出頭看向床鋪。可是，我沒看見客人躺在床鋪上。奇怪，客人到底跑哪裡去了？我納悶地環視室內一圈後，發現好像有什麼東西滾落在床邊。我把身體往前探，想要看個仔細，結果視野裡出現了那東西。看到那東西之後，我瞬間全身僵硬。」

「您看到了什麼？」

田澤一副不願意去回想的模樣，緊閉起眼睛說：

「我看見兩隻腳，有人被拋到地上。」

田澤的臉色漸漸變得蒼白。或許是察覺到田澤的臉色很差，審判長寺元向田澤伸出援手說：

「您如果覺得不舒服，要不要休息一下？」

田澤張開眼睛，拒絕了寺元伸出的援手。

「我沒事，我可以繼續說下去。」

田澤的態度像是要一鼓作氣解決討人厭的事情。他繼續說：

「部長喊了我一聲後，我才回過神來，急忙衝進去。我看到有人倒在床鋪和牆壁之間。穿著浴袍，維持捧著肚子的姿勢側躺在地上。喊了名字後，我本來打算搖晃對方的身體，但後來停下動作。因為我想起方才說過的那位因血管破裂而暈過去的女士，我想還是不可以隨便搖晃客人的身體，所以想從腳邊繞過去看臉……這時，我的眼角餘光看見閃閃發光的東西。」

田澤走進法庭後，到這時才第一次看向真生。

「我看見一把刀子，我們飯店所使用的餐刀刺在客人的胸口上。」

法庭裡陷入緊張的氣氛。

田澤宛如被什麼附身一般，用機關槍似的語速繼續說：

「我大叫了一聲。部長從後面探出頭看了後，也跟我一樣大叫出來。部長急忙衝向房間裡的分機，打電話到櫃檯去。部長命令櫃檯趕緊叫救護車，還叮嚀櫃檯絕對不要大聲張揚，以免被其他客人發現。部長一掛斷電話，就準備離開房間。我不知道自己該怎麼做，所以問了部長。部長要我在救護車和警察抵達之前，都不准離開房間。我拚命地搖頭，要我待在屍體旁邊實在太痛苦了，我一分鐘也受不了。」

這時，真生打斷田澤說：
「您怎麼知道客人已經死了？」
「客人的眼睛張開，而且整張臉都已經發黑，我第一次看到人類的臉色變成那樣。」
真生把視線從田澤身上，移到手邊的文件上。
「當時只有您和您的上司在現場嗎？」
「只有部長和我，還有往生的客人。」
真生露出納悶的表情詢問：
「被害人的同伴不在現場嗎？」
「不在。」
「被害人的同伴先離開飯店了嗎？」
「我們事後做了調查，櫃檯人員表示，有看見那位同伴在前一晚的九點半多，先行獨自離開飯店。」
「在那之後，被害的同伴沒有再回來。」
真生用篤定的口氣說道。田澤看著真生點點頭說：
「似乎是這樣沒錯。」
真生環視法庭內一遍後，舉高手邊的文件說：
「這是被害人的死亡證明書。稍後傳喚法醫進行證人詰問時，我會再詳細詢問狀況。不過，根據這份文件的內容，從胃部內容物的消化狀況以及屍斑看來，被害人的推定死亡時間是在二十點鐘到二十二點鐘之間。被告是在晚上九點半離開飯店，這點和被害的推定死亡時間相符。」

寺元原本一直保持沉默地聽著證人詰問，這時開口說：

「檢察官，請發問。針對並非發問的部分，將會從詰問紀錄中剔除。」

真生點頭回應後，重新面向田澤說：

「房間是自動上鎖的門鎖，對吧？」

田澤一副本以為會投向他方的球突然轉向自己投來的表情，慌張地回答：

「對。」

「除非是從房間裡開門或使用備用鑰匙，否則誰也進不了房間，對吧？」

「一點也沒錯。」

真生的視線落在文件上。

「飯店每一樓層的走廊上都安裝了監視器。警方已經扣押監視器紀錄以列為證物，根據調查結果，除了被害和被告之外，就只有負責送晚餐餐點的服務生進出過成為案發現場的一二〇七號房。服務生是在十九點鐘送來晚餐餐點。服務生擺設好所有餐點後，在十九點十分離開房間。在那之後，沒有其他人進過房間。由此可證明被害遭到殺害的那個時間點，只有被告在房間裡。」

「我反對！」

佐方的聲音響遍法庭。

「方才審判長已經警告過檢察官，檢察官卻還是一直試圖誘導證人。」
審判長轉動眼珠看了真生一眼。
「反對有效，檢察官請發問。」
「請容我確認一點。」
真生這麼回應後，看向田澤說：
「請問發生事件當天，被告和被害是在幾點鐘入住的呢？」
「男方是在下午六點半，女方是七點。」
「您確定嗎？」
田澤不由得挺起胸膛說：
「針對房客幾點入住、幾點退房，我們飯店都會加以記錄管理。我確認過紀錄的。」
「也就是說，他們兩人是各自前往飯店。」
這時，真生把食指抵在嘴唇上，一副陷入思考的模樣。真生緩緩抬起頭，重新面向田澤說：
「田澤先生，您方才說在飯店工作六年了，對吧？」
田澤想必沒料到會被再次確認這件事，真生的意外發問讓田澤瞪大眼睛。
「是，沒錯。」
「您還說一路來看過形形色色的客人，對吧？」
可能是猜不出真生想要詢問什麼，田端一臉思考狀應了一聲：「是。」

「一般來說，如果客人約好在飯店見面，當其中一方先抵達飯店時，那個人會怎麼做呢？」

田澤別開視線陷入了思考，但很快地重新看向真生回答：

「這可能要看是以誰的名義訂房。不過，大部分的人都會在大廳等待同伴到來。」

真生的視線追著文件上的文字跑。

「被告訂房時使用了假名，對吧？」

「是。」

「使用假名訂房，抵達飯店後也自己一個人先進去房間。像這樣的例子會以什麼關係的人居多呢？」

「我反對！」

佐方第二次表示反對的聲音響遍法庭。

「檢察官的問題旨意不明，這是不適當詰問。」

真生發出堅定的目光看向寺元，以眼神訴求著：「請讓我繼續發問！」寺元面無表情地回答：

「反對無效，請證人回答問題。」

真生不由得鬆了口氣，並反覆一遍寺元的話語：

「田澤先生，請您回答問題。」

田澤頓時含糊起來，但後來下定決心地回答：

「必須躲避他人目光的關係。」

真生點頭回應後，繼續發問：

「他們兩人也是選在房間裡用晚餐。雖然也有可能是因為想要在房間裡悠哉用餐，但也有可能是不想被人發現，對吧？」

佐方站起身子，第三次提出反對意見。

「我反對！這是在硬逼證人接受推測想法。」

詰問被打斷後，旁聽席開始陷入一陣騷亂。寺元認同了佐方的抗議，並發出指示要求真生變換問題。

真生揚起嘴角露出微笑後，刻意發出「啪！」的一聲闔上文件。

「我的證人詰問到此結束。」

12

這天晚上，美津子回家後，光治出來迎接，但美津子連回應一聲也沒有便走進廚房。這天晚上，美津子和島津兩人第三次單獨出去喝酒。

美津子把水龍頭轉到最大，在玻璃杯裡裝滿水後，一鼓作氣地喝光整杯水。美津子喝得太急而嗆到，光治急忙幫忙拍背。

「還好嗎？」

美津子沒有回答，身體摔坐在客廳的沙發上。美津子將手背貼在眼皮上，低喃說：

「島津約我去飯店了。」

光治倒抽了一口氣，他在美津子身旁坐了下來。

「什麼時候？」

「下星期六。」

下星期六正好是一個星期後。

「妳怎麼回答他？」

美津子閉著眼睛回答：

「我跟他說如果在這附近有可能會被人發現，所以去其他地方比較好。我還說我知道一家很不錯的飯店。」

這是配合島津主動邀約時，而事先想好的答案。

「然後呢？」

光治催促說道。

「他問我是哪家飯店，我回答在米崎市的格蘭維斯塔飯店。我還跟他說我以前去過那裡，真的是一家很棒的飯店。」

格蘭維斯塔飯店就是光治和美津子兩人做過事前調查的飯店。

「我說晚餐想要點客房服務的餐點，這樣才可以兩個人悠哉地喝酒。」
「那傢伙怎麼回妳？」
光治的聲音不由得拉高了八度。
美津子張開一直緊閉著的眼睛，視線看向上方。
「他露出心滿意足的笑容，眼尾都快垂到地上去了，我看得全身發毛。」
美津子轉頭將視線聚焦在光治身上。
「我要去赴約。」
光治嚥下囤積在口中的唾液。
下星期六美津子將與島津去飯店，這意味著美津子將執行計畫。
美津子注視著光治，光治別開了視線。
光治從美津子口中聽到計畫的那天到現在，已經過了五個月。一路來，光治和美津子兩人精心安排著針對島津的復仇計畫。如今，成功指日可待。美津子沒有一絲一毫的遲疑，光治卻相反地躊躇不已。讓美津子去找島津真的妥當嗎？光治不停地自問自答。一方面是對執行計畫本身有所遲疑，但光治更在意島津會碰觸到美津子的身體。哪怕只是碰觸到一點點，也讓光治感到噁心到想吐。
光治無力地垂著頭，什麼也沒回答。可能是從這般態度察覺到光治的內心想法，美津子挺起身子，探頭看向光治的臉說：

「你在猶豫什麼呢？這麼做是為了小卓，也是為了我們啊！」

美津子的眼裡充滿絕不動搖的堅定決心。忽然間，美津子痛苦地扭曲著表情。美津子按住胸口把身體縮成一團，光治吃驚地扶住美津子弓起的身軀。

「很痛嗎？」

美津子用力咬住嘴唇點了點頭。

「可能是藥效過了。」

光治急忙準備白開水和止痛藥。美津子一口氣吞下所有藥丸後，再次躺回沙發上。

「可以再多加一顆藥嗎？藥效感覺越來越不強了。」

美津子是在要求增加嗎啡的用量。美津子目前所服用的嗎啡量，早已遠遠超過一天的用量。如果再增加用量，將會損及其他內臟，甚至有可能縮短壽命。還是不要這麼做比較好。

光治本打算這麼勸阻美津子，但後來閉上了嘴巴。對美津子來說，她的心願不在於長命百歲。美津子的心願是成功復仇。

可能是止痛藥開始發揮效用，隔了一會兒後美津子便呼呼入睡。美津子將身體縮成一團，保護著被病魔折騰的胸部。

光治撫摸著美津子的髮絲。既然美津子不惜賭上性命也要執行計畫，光治的任務就是盡全力促使計畫成功。這是上天賦予光治的使命。光治十分明白這點，但內心卻有另一個自己期望著計畫失敗。

光治拿起一旁的毛毯輕輕蓋在美津子的身上，熄掉客廳的電燈。

到了執行計畫的兩天前，光治和美津子出門去旅行。打從蜜月旅行後，兩人就不曾單獨去旅行過。

這次的旅行地點是溫泉地，從光治住家所在的三森市轉搭新幹線，需要花上四小時的時間。在那裡，有一家光治和美津子第一次兩人一起外宿的旅館。當時兩人瞞著美津子的父母和哥哥，偷偷進行一趟婚前旅行。

這次的住宿地點也選了當時的那家旅館。因為那是在窮光蛋學生時期投宿的便宜旅館，光治本來很擔心那家旅館搞不好已經倒閉，但在網路上搜尋後，意外發現那家旅館仍持續經營著。那家旅館在幾年前翻修過，外表變得很漂亮，如今是一家被稱為老字號的旅館。

光治兩人下了計程車後，旅館人員出來迎接，並幫忙搬行李。辦理好入住手續後，兩人被帶到旅館房間。從房間看出去，可欣賞到整片旅館引以自傲的日本庭園景色。

雖然旅館的建築物改變了樣貌，但庭園的造景還是跟以前一樣。鋪上草皮的地面，種了松樹和杜鵑花等樹木。在那當中，有一棵眼熟的樹木。那是一棵枝垂櫻。樹葉掉個精光的褐色垂枝，隨著時而吹來的初冬寒風搖曳著。

上次光治和美津子是在春天來到這家旅館。那時櫻花盛開，每次一有風吹拂而過，花瓣就會隨之飄然而落。當時的那片美景，至今仍鮮明地烙印在光治的腦海裡。

旅館的女服務生為光治兩人泡了熱茶，但美津子一口也沒喝。她走下緣廊，站在庭園裡仰望著被綁上防寒稻草的樹木。

美津子在灑落一地冬日陽光的庭園裡，不嫌膩地一直望著庭園。

光治看美津子似乎沒打算回到房間來，於是先去泡了溫泉。光治會為了參加學會活動而出差，但投宿地點通常都是商務飯店，再怎樣也不可能會是溫泉旅館。光治重新體認到原來在寬敞的浴池裡泡澡，可以讓人如此放鬆心情。執行計畫的日子就近在眼前，光治的心情卻異樣地平靜。

光治泡在浴池裡，回想著美津子方才的表情。方才美津子注視著庭園裡的樹木，浮現在她臉上的，不是一個正打算達成期盼已久的報仇計畫的人會有的表情。光治猜想美津子此刻的心情或許也和他一樣地平靜。

光治泡完溫泉回來後，發現美津子早已回到房間。光治詢問美津子怎麼這麼快就回來，美津子一副過意不去的模樣笑著回答：「我沒有去泡溫泉。」光治本打算詢問原因，但打消了念頭。美津子穿著衣服時不會那麼明顯，但其實她的身體變得相當纖瘦。美津子的橫膈膜部位凹陷，肋骨都凸了出來。任誰看了，都明顯看得出美津子是不健康的纖瘦，美津子想必不想讓人看見自己衰弱的身軀。光治責怪起自己不夠深思熟慮，竟然在最後一趟旅行挑選了溫泉旅館。光治向美津子道歉，美津子卻一副錯在自己的表情搖了搖頭。

太陽下山後，晚餐被送進房間來。旅館提供了活用當季食材的日式套餐。

最近美津子的食量突然變小。雖然美津子也服用可促進食欲的藥物，但病情漸漸勝過藥效。

有時美津子甚至不吃晚餐，只吃水果充當晚餐。

不過，這天美津子開心地吃了料理。儘管沒辦法吃光所有料理，美津子卻幾乎每一道菜都動過筷子。尤其是採用當地蔬菜的燉煮料理，美津子更是大讚蔬菜煮得十分入味好吃，一口一口地細細品嘗。

用餐完畢後，女服務生進到房間鋪床。「這一帶地區到了晚上會很冷，我多留一些毛毯給兩位使用。」女服務生留下這句話後，便離開了房間。

房間裡剩下光治兩人後，光治勸美津子躺下來休息。雖然美津子表現得很有精神，但應該已經累得光是坐著都覺得辛苦。

美津子聽話地在床墊上躺下來。光治坐在旁邊低頭看著美津子。

一個念頭閃過光治的腦海，他有股衝動想開口說：「我們倆就這樣一直待在這裡吧！」明天、後天或大後天，直到美津子走向生命盡頭的那一天，兩人就一直待在這裡思念著小卓度過剩餘的時光，也是不錯的選擇。

光治閉上眼睛，眼皮底下浮現還活蹦亂跳時的小卓和美津子身影。小卓不知道為了什麼好笑的事情開懷大笑著，一旁的美津子面帶微笑看著開朗的小卓。多麼令人懷念的畫面啊！

有個男人的身影忽然蓋住小卓和美津子兩人的身影。島津，一個徹底毀了光治家庭的男人。一個奪走一條人命，還能不受到任何制裁、無憂無慮過活的男人。一定要找島津報仇！光治的這般想法非常強烈。可是，光治也不想讓美津子去找島津。

交錯複雜的情感在光治心中肆意飛竄。光治越想越迷惘，不知道自己該怎麼做才好。不過，光治明確知道一件事。他知道自己早晚有一天將變成孤單一人。

光治感到眼眶發熱。他緊緊閉起眼睛，逼著自己不准落淚。

一隻手輕輕貼上光治放在膝蓋上的手。光治張開眼睛一看，發現美津子握住他的手凝視著他。

「老公，你還記得小節嗎？」

聽到十幾年不曾聽到的名字，光治眨了好幾次眼睛。

「妳是說外科大樓的小節吧？我還記得啊，好久沒聽到她的名字了。」

小節是美津子的同學，曾經在光治服務的大學附設醫院擔任護理師的工作。小節的身材高挑、皮膚白皙，五官也長得深邃。光治曾經這麼誇獎過小節，當時小節自豪地露出微笑說：「因為我媽媽有俄羅斯的血統嘛。」

小節無論去到哪裡，都非常搶眼醒目。她就像病房大樓的女神，很多男生都想追求她。一方面因為光治和美津子都認識小節，所以直到結婚那時候或多或少都和小節有所往來。不過，打從美津子生下小卓、把重心放在育兒上面後，便逐漸與小節變得疏遠。到了現在，光治和美津子兩人都不曾再提起過小節。

「怎麼啦？妳怎麼突然提起小節？」

光治這麼詢問後，美津子一副感到懷念的模樣瞇起眼睛說：

「小節她以前很喜歡你呢。」

光治哼了一下鼻子笑出來。

「我怎麼從來沒聽說過？」

光治沒有說實話。其實光治知道小節對他有好感。在與美津子交往之前，小節曾多次向光治提出約會的邀請。當然了，美津子並不知情。

小節每次都會找藉口邀約光治，像是想看某部電影或想去兜風等。不過，光治每次都予以回絕。

當時甚至有男性朋友責怪光治是個不懂珍惜的傢伙。不過，不論別人怎麼說，光治都沒有要接受小節邀約的意思。在那時，光治心中早已經有美津子了。雖然當時還沒有正式交往，但除了美津子之外，光治根本不把其他女生看在眼裡，可見光治當時有多麼地迷戀美津子。光治不想被美津子發現這令人難為情的事實，才故意扯謊說自己從來沒聽說過。

「是喔。」

美津子揚起嘴角，露出別有含意的笑容。

窗外傳來水花濺起的聲音，光治猜想應該是水池裡的鯉魚跳出水面。

「你會不會後悔和我結婚？」

美津子別開視線，閃躲光治的目光。

「怎麼可能！」

光治探出身子，追著美津子的目光。美津子鬆開手面向另一邊，試圖逃避光治的視線。

「要不是和我結婚，你就不會失去唯一的兒子，也不必遭受這般痛苦的折磨。」

人類總是對自己沒有選擇的另一種人生感到羨慕。光治想起曾經在某本書上讀過這句話。不過，這句話不能套用在光治的身上。美津子詢問光治會不會後悔和她結婚，而光治的回答完全發自真心。的確，失去小卓的那場車禍是令人難以承受的痛苦事件。要是沒有發生那場車禍該有多好，光治不知道這樣想過幾次，但從來不曾期望過自己能擁有另一種人生。當初是光治自己決定與美津子攜手共度人生。他怎麼可能對自己選擇之路感到懊悔，哪怕其中包含了辛勞和痛苦也一樣。

「我怎麼可能會有那種想法！」

光治不由得用帶有憤怒情緒的口吻說道。

光治才更想問一問美津子會不會後悔和他結婚。要不是和光治結婚，美津子就不會失去兒子，也不會被病魔纏身，搞不好還可以度過含飴弄孫的老後生活。這麼一想後，一股近似歉意的悲傷情緒湧上光治的心頭。

光治一直沉默不語，美津子緩緩轉頭看向光治說：

「老公，謝謝你。」

光治不明白美津子在謝什麼，美津子想必從光治的表情看出光治內心的想法，她繼續說：

「謝謝你接受我的任性要求。」

光治感到胸口一陣灼熱，話語哽在喉嚨說不出來。

「我明白你的心情。」

光治承受不住地從美津子身上別開視線。光治寧願看見美津子狠狠咒罵自己的人生，放聲痛哭地宣洩悲傷情緒。美津子坦然接受殘酷的人生，試圖讓一切在內心昇華的態度，讓光治感到心痛不已。

「你轉過來看我。」

美津子說道，但光治沒有回過頭。光治不想讓美津子發現他眼裡的淚水就快奪眶而出。

美津子握住光治的手，光治不得已只好回過頭。美津子露出悲痛的表情瞇著眼睛。

「對不起喔，老公。」

美津子幾秒鐘前才道過謝，這次卻變成道歉。光治無法繼續承受，眼淚如泉水般不斷湧出。

淚水沿著光治的臉頰滑落，美津子輕輕為他擦去淚水。

「如果有人問我，人之間的關係當中哪種關係最堅不可摧，我一定會回答『同志』。比起愛情和友情，擁有相同目標的同志才是最堅不可摧的關係。」

美津子一副感到刺眼的模樣看著光治。

「我很慶幸能與你相遇，因為我遇到一個和我有著最堅不可摧關係的人。」

美津子單手掀開棉被說：

「來。」

光治順從地鑽進美津子的被窩，把臉埋進美津子的胸口。光治發冷的身體感受到美津子的熱度。美津子溫柔地撫摸光治的髮絲說：

「該做的都做了，我們就快成功報仇了。」

鯉魚跳出水面的聲響再次傳來。

「我很幸福。」

美津子用幾乎快被水聲掩蓋過去的微弱聲音說道。

13

站在應訊檯前的男子往後仰著身子，凸出的小腹顯得更加凸出。

真生喊出男子的姓名：

「您是西脇聰先生，對吧？」

「沒錯。」

西脇用略顯沙啞的聲音答道。

「請告訴我們您從事什麼工作？」

「我在縣立醫科大學的法醫學教室擔任教授職務。」

真生舉高手邊的文件，讓法庭裡的所有人都能夠看見文件。

「這是本案受害人的死亡證明書。西脇先生是負責解剖鑑定本案受害人的法醫，也是這份文件的製作者。」

真生放下文件，看向西脇說：

「那麼，請西脇先生告訴我們被害人的直接死因是什麼？」

西脇輕咳一聲後，看向前方回答：

「被害人的直接死因是失血過多致死。」

「斷定是失血過多致死的理由是什麼呢？」

「被害人的左前胸有刺傷，左心室因該刺傷而受損。被害人的左胸腔內囤積大量血液，加上出現屍斑現象的部位極少，因此可判定是失血過多致死。」

真生拿起放在桌上的塑膠袋站到證人席旁邊。真生高高舉起塑膠袋，袋子裡裝著一把刀子。

「這是刺傷被害人胸部的刀子。飯店員工已經提供證詞，表示這把刀子是客房服務提供晚餐時所使用的刀子。西脇先生，請告訴我們您如何推測這把刀子即是本案凶器？」

西脇看向刀子。不過，他只看了一眼，立刻把視線拉回前方。

「關於左前胸的創傷，創傷上緣落在左鎖骨中線上，也就是腋下前緣的下方十・五公分位置。創傷邊緣呈直線狀、長三・五公分。傷口經檢查後，可知長度達十・五公分。附著在刀上的血液和被害人的血液一致，針對創傷深度和刀刃寬度進行比對後，將該把刀子視為凶器的鑑定結果與創傷狀況並無矛盾之處。」

真生把刀子放在應訊檯上。

「請問這把刀子是如何刺傷被害人？」

西脇回答：

「刀子是以刀背朝上、刀刃朝下的狀態，從被害人胸部的略左上方，刺入至略右後方的位置。」

「請問根據這個事實，可做出什麼樣的推論？」

「以這個角度來說，可推測是他人所為。不僅如此，被害人的左手臂出現遭受襲擊而反抗時會有的自衛創傷。根據以上事實，可推測被害人是遭到他人殺害。」

真生以眼角餘光看向佐方。佐方在胸前交叉著雙手，默默傾聽著詰問。佐方依舊是面無表情，既沒有顯得慌張，也沒有顯得焦躁。真生繼續進行詰問：

「請告訴我們被害人的推測死亡時間。」

「十二月十九日的二十點鐘到二十二點鐘之間。這部分可從胃部內容物、屍斑以及死後僵硬狀態做出推測。解剖結果，發現內容物殘留在胃部和十二指腸，此結果指出被害人是在餐後一小時至二小時內遭到殺害。就屍斑和死後的僵硬狀態來看，也可推測出在隔天的二十日上午十一點鐘發現遺體的當下，已經是死後經過十六小時至十八小時。」

西脇想必會在學會或其他活動場合進行發表，所以很習慣在人前說話。西脇淡定地繼續說著證詞。

真生將視線移向旁聽席。

「推測遇害時間是在十九日的二十點鐘到二十二點鐘之間。這期間被告人和被害人都在房間裡。飯店所有樓層的走廊上都設有監視器，這期間除了被告人之外，沒有其他人從發生本案的一二〇七號房走出來。監視器已證實被害人遇害時，只有被告和被害人在一起。不僅如此，鑑定調查結果，已在現場發現的刀子凶器上，檢驗出被告的指紋和掌紋。從地上的浴袍上，已檢驗出應是飛濺出來的被害人血液，以及應是加害人汗液的體液。從被害人的指甲，也採取到被告的皮膚。」

真生抬起頭，環視法庭一遍。

「根據以上事實，明顯可知本案凶手即是被告。」

「我反對。」

佐方的聲音響遍法庭。

「檢察官應避免做出斷定被告即是凶手的發言。」

「反對有效。」

審判長寺元以眼神警告真生，真生輕輕點頭表示已明白審判長之意。

「請檢察官進行證人詰問。」

寺元催促道。真生闔上手邊的文件說：

「我的證人詰問到此結束。」

接下來，由佐方針對西脇進行反對詰問。

真生在檢察官席上注視著佐方。證據如此齊全，被告即是凶手已是無疑的事實。真生很好奇佐方究竟會從何處展開攻擊？

佐方從座位上緩緩起身，站在西脇身邊。

「西脇聰先生。」

被連名帶姓喊了一聲後，西脇露出試探的眼神看著佐方。

「您方才說推測遇害時間是在十九日的二十點鐘到二十二點鐘之間，確定是這樣沒錯嗎？」

聽到佐方質疑證詞的發問，西脇毫不掩飾地在臉上浮現不悅的表情。

「一切就如我剛剛的證詞。」

「另外，您提到那段時間被告和被害人在同一個房間裡。」

「似乎是這樣沒錯。」

西脇想必是猜不出佐方到底想要詢問什麼，不時察言觀色地瞥向佐方。

「不過，就算推測遇害時間在同一個房間裡，這也無法構成被告即是凶手的事實，不是嗎？」

可能是對佐方的迂迴說法感到不耐煩，西脇瞪著佐方說：

「您這話是什麼意思？」

「關於現場所留下的浴袍，您鑑定出來的結果是浴袍上附著被害人的血液，對吧？」
「是。」
「請問浴袍上的血痕是呈現什麼樣的附著狀況？」
聽到佐方的發問後，真生的腦海裡浮現浴袍的相片證據。真生記得是在浴袍的胸口部位，留下斑紋狀的血痕。
西脇也給了一樣的答案。佐方先反覆說出「斑紋狀」的字眼，跟著反擊一句：「所以，並不是飛沫狀，是嗎？」
西脇沒有回答，想必是因為掌握不到佐方如此發問的背後用意。西脇似乎找不到反駁的話語。佐方催促西脇說：
「請只針對事實回答。」
西脇深深呼出一口氣後，只簡短回答一句：「是。」
佐方繼續進行反對詰問。
「關於從凶器檢驗出來的指紋和掌紋，當中也檢驗出不屬於被告的指紋和掌紋，對吧？」
「是。」
「請問那是誰的指紋和掌紋？」
「在列出鑑識結果的鑑定書上，是寫著屬於被害人的指紋和掌紋。」
「還有呢？」

「還有飯店相關人員的指紋。不過，那只占了一小部分，大多已經被被告和被害人的指紋蓋過去。」

「也就是說，飯店相關人員的指紋是附著在最底下，是嗎？」

西脇先應了一聲「是」之後，繼續回答：

「根據鑑定書的內容，飯店相關人員的指紋上面有被告的指紋，更上面有被害人試圖拔出胸口的刀子而留下的指紋。」

佐方闔上文件，朝寺元說：

「我的證人詰問到此結束。」

14

走出法院後，真生朝向停了車子的停車場走去。

一般停車場位在建築物東側，而提供給法官和檢察官等審判相關人士使用的停車場則是在建築物西側。真生的車子停在相關人士專用的停車場。法院旁邊蓋有分館，前往專用停車場的最短捷徑，就是橫越蓋有分館的土地。

真生走在前往分館的路上時，看見前方出現兩道身影。

其中一人是佐方，另一人是經常出現在旁聽席的女子，女子總是坐在旁聽席的第一排座位聆聽審判。看見女子總是露出認真的眼神，真生本以為女子是被告人方面的相關人士，但現在看來似乎是佐方方面的相關人士。真生猜想佐方兩人應該是準備前往設在分館後方的計程車乘車處。

真生與兩人保持一定的距離前進著。

女子向佐方搭腔。女子的聲音相當響亮，連保持很長一段距離走在後方的真生也聽得見。

「您就做那麼一點點反對詰問好嗎？那狀況根本是對方的個人秀。」

真生皺起眉頭，女子口中的「對方」肯定就是指真生。看來佐方和女子是在討論今天的審判。

佐方一副感到傷腦筋的模樣搔了搔頭，他似乎回答了女子什麼，但因為聲音太小，所以沒能夠傳到真生這來。隨著佐方的聲音停頓下來，女子比方才更放大嗓門說：

「既然您說現狀多做反對詰問也是白費工夫，那就表示應該設法突破現狀，不是嗎？」

現狀——這個字眼讓真生覺得刺耳，意思是說只要改變現狀，就會有勝算嗎？難道佐方掌握到什麼能夠改變現狀的線索嗎？

真生加快腳步，拉近與佐方兩人的距離。真生小心翼翼地跟在後頭豎耳傾聽。

女子喊了一聲「佐方律師」後，繼續說：

「您覺得她的做法如何？」

「做法？」

佐方反問道。

「我是指進行審判的做法。」

女子邊前進邊答道。

「載過被告的那位計程車司機被叫來進行證人詰問時，她一副被害人就是被被告殺死的態度說出個人意見。在您提出反對後，雖然審判長認同反對，也要求她更換問題，但旁聽人和裁判員都聽到了庄司檢察官說的『殺害』兩字。而且，大家也對這兩字有反應。」

女子看向佐方說：

「她是在知道會被提出反對意見之下，刻意用了『殺害』的字眼。很肯定地，那句話已經使得大家對被告的印象變差，您不覺得那樣的做法很卑鄙嗎？」

佐方從懷裡掏出香菸，叼在嘴上。

「進行審判上，如何把自己想要塑造的被告人印象灌輸給法官和裁判員，也是必要的技巧。她只是運用了技巧罷了。」

想必是聽見佐方替敵人說話而感到不是滋味，女子的口氣變得犀利：

「而且，我不喜歡她。今天在進行公審時，她還輕哼取笑您。」

真生訝異地眨了眨眼睛。進行公審時真生確實感受到事態照自己所願進展，所以有可能在無意識中讓喜悅之情流露在臉上。不過，真生沒印象曾對佐方表現出嗤之以鼻的態度。

「是嗎？我怎麼沒印象。」

女子再次看向佐方。從女子的側臉，真生看見女子的眼神中除了憤怒之外，還夾雜著忌妒。或許該說是身為同性的直覺吧，女子的情緒沒有逃過真生的眼睛。

從佐方和女子方才一路來的互動看來，真生不認為兩人是男女朋友的關係。真生猜想應該是女子單方面抱有愛慕之心。而且，從佐方的態度可看出他甚至沒有察覺到女子的心意。

女子之所以會做出批評真生的發言，或許是一種個人情感的表現，女子不希望其他女性接近自己的愛慕對象。因為這樣，她才會對佐方替對方說話的態度有如此激動的反應。

真生當場停下了腳步。

真生對私人話題一點興趣也沒有。與其聽著沒意義的話題破壞自己的心情，不如繞遠路還比較好。

真生轉過身子，打算照原路折返回去。就在真生準備踏出步伐的那一刻，女子的一句話傳進耳裡，停下她的步伐。

「總之，無論如何都要把證人請出來，否則真的會輸了這場官司。」

真生不由得轉過身子。

對於公審時會有哪些證人到場，真生在審判前進行審前整理程序時已有所掌握。到了公審第二天的今天，所有證人應該都已經到場應訊過才對。可是，從女子方才的發言聽來，辯方似乎還請了真生這方不知情的證人。不僅如此，這位證人還可能帶來足以扭轉審判方向的影響力。

真生往佐方與女子的方向衝去。

「辛苦了。」

真生從後方出聲，佐方與女子兩人同時回頭。

「妳……」

佐方瞪大著眼睛。

「您……」

女子揚起了眼角。

真生一副若無其事的表情搭腔說：

「我看見兩位走在前面，所以想說跟兩位打聲招呼。」

佐方準備開口說話時，女子往前踏出一步說：

「請問究竟有何貴事？」

女子的口氣聽不出是在發問，還是在威嚇。

「小坂。」

佐方以責備的口吻喊了女子一聲，真生這才知道原來女子名叫小坂。小坂會稱呼佐方為「佐方律師」，應該就表示她是法律事務所的員工。

小坂一副想說些什麼的模樣看著佐方，但最後往後退一步，沒有再多說什麼。

佐方一腳踩熄菸頭後，面無表情地說：

「有什麼事？」

佐方的面無表情讓真生看不出他的情緒。真生不知道佐方是感到從容不迫，還是內心焦急。看不出佐方的真實情緒，使得真生更加不耐煩。

真生若無其事地試探說：

「明天就會知道判決結果喔。」

「是啊。」

佐方的口氣簡直像事不關己一樣，真生的不耐煩指數繼續攀升。

「佐方先生相當從容不迫呢！不過，照現在這樣下去，您不可能贏得了這場官司。您應該也很明白這點才對。」

小坂從佐方身後往前探出身子，佐方伸出手制止她。真生不以為意地繼續說：

「我之前即耳聞過佐方先生的豐功偉績。在走廊上第一次與您碰到面時，我所說的話也是真心話。我不會小看您的，不僅不會小看您，我還會做好萬全的準備，迎戰您這位被評價為強勁對手的律師。不過……」

說著，真生誇張地發出無奈的嘆息聲。

「老實說，我挺失望的。因為實在沒什麼可以較勁的機會，讓人有種期望落空的感覺。」

真生的挑釁話語沒有發揮作用，佐方冷冷地注視著真生。

真生使出了王牌。

「還是說您有什麼祕密武器嗎？好比說，有重要證人可以扭轉審判方向之類的？」

雖然佐方沒有任何反應，但他身後的小坂變了臉色。

真生有了把握，她確信辯方找到了手中握有本案關鍵的證人。究竟會是誰呢？

真生打算詢問時，佐方像是要堵住真生的嘴巴般搶先開口說：

「有沒有證人根本無關吧？如果沒辦法讓對方站上應訊檯，就算有證人也跟沒有一樣。我想妳也懂這個道理，所以也知道剛剛那個問題有多麼沒意義。」

真生找不到話語反駁。

如佐方所說，就算有證人知道真相，如果沒有在法庭上提供證詞，真相也不再是真相。

「那麼，我們先失陪了。」

佐方走了出去，小坂也跟在後頭走去。

真生伸出手打算喊住佐方，但立刻縮回了手。喊住佐方也沒用，不論如何發問，佐方也不可能再多回答什麼。真生不得不承認，如佐方所說，她的發問毫無意義。

真生杵在原地不動，愣愣地注視著兩道身影在道路上逐漸縮小。

初夏的傍晚涼風吹拂過來。有別於涼風的輕盈，真生的心情沉重不已。

回到飯店後，佐方粗魯地脫去外套，一頭倒在床上。

佐方仰躺在床上，點燃了香菸。如果是平常，佐方早就大口喝起冰鎮過的啤酒，但想到審判還沒有結束，只好打消念頭。

小坂已經搭上傍晚的新幹線回去東京。小坂說有一堂課非得去上課不行，所以要先回去東京一趟，等明天一早再搭第一班新幹線過來。

在前往車站的計程車上，佐方告訴過小坂不需要勉強再回來，但小坂拒絕了佐方的貼心話語。小坂還說她絕對不想錯過判決宣告，所以無論如何都一定會再回來。

佐方打開電視，現在正好是播報當地新聞的時間。新聞節目播報完交通意外之後，開始報導起審判的相關消息。佐方在地方法院的走廊上看到的一名女播報員，正在說明審判的情況。

女播報員報導新聞的俐落模樣，讓佐方想起站在法庭上的真生模樣。真生是個相當不錯的女人，頭腦也很好。

公審第一天，真生在走廊上詢問佐方是不是小看她，這般舉動讓佐方感到驚訝。佐方也很少遇到檢察官會如此毫不掩飾地表現出對抗意識。佐方告訴真生沒有那回事，那不是在說客套話，而是真心話。別說是小看真生，對於這次的審判，佐方甚至必須老實說，沒有把握一定能夠贏得勝利。

佐方確實接下這次的委託案件，但預測不到勝利女神會向哪一方展露微笑。

委託人徹底否認罪行。

長年從事律師工作下來，自然會培養出能夠辨別味道的靈敏嗅覺。也就是指對方是在說謊，還是所言屬實的味道。靈敏嗅覺有部分是靠經驗培養出來的直覺，但從委託人的眼神和語調，也能夠嗅出味道。

在這次的委託人身上，佐方嗅到了真實的味道。委託人的證詞沒有相互矛盾之處，看著佐方時的眼神和描述事件時的語調也嗅不出虛假的味道。

然而，檢方所提示的案件相關環境證據，皆指向委託人即是凶手的方向。不過，當中確實也有一些讓人想不透的地方。

在一些事件裡，有時原本只是微不足道的細節，後來卻變成重要的資訊。這次的委託事件就有這樣的跡象。當初佐方看完所有相關文件後，覺得是個有趣的事件。雖然佐方不確定有沒有勝算，但覺得事件本身值得接受委託。於是，佐方接受這份工作。

然而，實際著手後，佐方才發現這次的審判比想像中更加困難。佐方試著從多方找出可證實委託人清白的證據，卻找不到一絲線索。佐方的調查遲遲沒有進度，唯獨時間一點一滴地流過。儘管到了必須進行在審判前的審前整理程序那一天，佐方還是沒能夠找到足以證明委託人清白的線索。

這次搞不好打不贏官司。佐方就快忍不住在心中說出不爭氣的話語時，終於找到可證實清白的重要線索，那時已是完成審前整理程序的一個月後。

掌握到該事實時，佐方篤信能證明被告的清白。然而，光是如此，並無法保證一定能打贏官司。為了打贏官司，必須設法讓握有事件關鍵的證人在法庭上提供證詞。

這名證人住在米崎市，也就是成為案發現場的飯店所在城市。佐方多次拜訪證人，他每星期不惜從東京搭乘兩小時的新幹線前往米崎市拜訪證人，有時還會趁週末在當地過夜去拜訪證人。

佐方去到證人的住家，要求證人出庭作證。然而，證人就是不肯點頭答應。證人堅持說自己不知情，佐方也頻頻吃閉門羹。

佐方與證人的溝通一直持續到審判的前一天。

公審前一天，佐方一抵達米崎市的車站，立刻前去拜訪證人。明天就要展開公審，希望你能夠出庭作證——佐方緊迫盯人地這麼說，但證人依舊不肯改變態度。證人果決地告訴佐方沒有出庭的意願，到了公審當天，證人終究沒有現身法庭。

即便如此，佐方還是沒有放棄。

到了公審第二天的今天，佐方送小坂去車站後，又去到證人的住家。佐方纏著證人說：「拜託你來出庭！明天就要宣告判決，已經沒有時間了！」佐方抱著最後的懇求心情，拚命說服證人。

證人沉默地聽著佐方說話，但最後還是沒有表示願意出庭作證。「我在法庭等你！」佐方留下這句話後，離開證人的住家。

佐方注視著天花板，耳邊再次響起今天傍晚在路上對真生撂下的話語。

——有沒有證人根本無關吧？如果沒辦法讓對方站上應訊檯，就算有證人也跟沒有一樣。

佐方閉上了眼睛。

佐方對真生說的話一點也沒錯，就算掌握到真相，如果沒辦法把證人帶到法庭上，就什麼意義也沒有。這場審判是佐方輸了。

佐方在眼皮底下的一片黑暗中，看見真生佇立在法院走廊上的身影。記憶裡的真生開口說話。

——罪犯勢必要接受制裁。

的確，罪犯勢必要接受制裁。不過，不應該是依錯誤的罪行，而應該依真實的罪行而接受制裁。

佐方腦海裡的真生身影，疊上某男子的身影。

男子是佐方往日的上司——筒井。記憶裡的筒井開口說話。

——不只有揭穿真相，才稱得上正義。

那場事件在十二年前發生，發生在佐方當上檢察官第五年的秋天。

佐方在自己的座位上整理文件時，一名男子闖進公審部。男子年約四十歲上下，身穿剪裁細緻的灰色西裝。男子一臉兇狠的表情環視室內一遍。

「請問叫神田的男人是哪位？」

男子沒有朝向特定對象問道。男子的用字遣詞固然禮貌，但高壓的口吻感覺得出來壓抑著憤怒情緒。

神田是當上檢察官才第二年的新手，當初以地檢署有史以來最優秀的成績當上檢察官。一方面因為年齡相近，所以佐方經常和神田一起喝酒。

那時在辦公室裡，除了佐方和神田之外，還有當時同樣隸屬於公審部的筒井。

神田當時在佐方的隔壁座位上整理文件，他一臉不明白自己為何被點名的表情，準備從座位上站起來。然而，在神田站起身子之前，筒井先開口說：

「你是什麼人？」

男子自稱是當地律師，名叫山路。山路表示自己接下某女子的委託，所以來地檢署進行調查。

「所以，哪位是神田？」

山路的一雙大眼睛骨碌碌地轉個不停，尋找著神田。

「我就是神田……」

神田戰戰兢兢地站起身子。

山路露出鎖定目標的眼神看著神田。邁大步伐地走近神田後，山路低頭俯視神田說：

「我還在想有膽做出那麼齷齪的事情，應該會是個目中無人的傢伙，沒想到竟然看到了個暖男。」

山路一副瞧不起人的模樣對神田嗤之以鼻。身高不到一百七十公分的神田，站在身高達一百八十公分的山路旁邊，顯得比實際身高矮小許多。

面對失禮的訪客，筒井放大嗓門說：

「你到底想說什麼？」

山路露出威嚇的目光看向筒井。

「等過了幾個小時後，你那張自以為了不起的臉就會變得一片鐵青。」

「你有膽再說一遍！」

筒井猛地從座位上站起來。

山路瞪了神田一眼後，往門口走去。山路在門前停下腳步，回頭看向三人說：

「我現在要去檢察長室，稍後再回來討論後續事宜。」

一個地方上的個人律師究竟有什麼大事需要去找檢察長？

「神田，是不是發生什麼事了？」

筒井問道。神田咬著嘴唇沒有回答，全身顫抖不停。

山路離開辦公室過了兩小時後，神田被叫去檢察長室。神田一副像是被宣判有罪的被告模樣走出辦公室，經過一個小時後，神田才回到辦公室。神田坐回自己的座位，面容憔悴不已。不論佐方怎麼詢問，神田始終保持沉默地收拾著東西。到最後，神田一句話也沒說便離開了辦公室。

在那之後經過一星期，上頭破例發出人事異動命令，神田被調去地檢署的分署。所有人都訝異不已。如果是在平常的人事異動時期也就罷了，但這次的人事異動不僅時期尷尬，而且從地檢署被調去分署只有一個可能性，也就是不知道發生了什麼醜聞。

然而，佐方沒聽說神田捅過什麼簍子。

佐方向當時的公判部長和負責人事的同事，詢問過神田被調職的原因，但兩人都不肯說明原因，只回答一句「無可奉告」。

佐方也想過直接詢問神田本人，但神田被叫去檢察長室的那天後，便以「個人原因」為由，提出停職申請。佐方試著撥打過神田的手機，但神田的手機關機，打也打不通。

佐方難以接受事實。他不明白為何要扼殺一個前途無量的檢察官。佐方前去拜訪手中握有此事關鍵的男子——山路。

山路律師事務所位在一棟辦公大樓的三樓，距離地檢署約三十分車程。拜訪前，佐方事先聯絡過山路。通電話時佐方說了一句「有事相談」後，山路似乎就明白了佐方的目的，並主動指定日期和時間。佐方照著山路指定的時間，前往他的事務所。

被帶到會客室後，佐方環視室內一遍。會客室正中央擺著一組會客桌椅，牆上掛著看似價格不菲的圖畫。固定於牆面的書架上，排滿法律相關專業書籍。佐方猜想山路的律師生意應該做得相當成功。

超過約定時間十分鐘後，山路現身了。

「抱歉，久等了。」

山路嘴裡這麼說，表現出來的態度卻看不出帶有歉意。山路在佐方的正對面坐了下來。

「你是想詢問神田先生的事情吧？」

沒有任何開場白，山路便切入主題問道。事到如今，想必山路也不想跟佐方拐彎抹角說話。在這方面，佐方也是一樣的想法。佐方回答一句「一點也沒錯」後，山路露出吊人胃口的眼神說：

「你沒問過上司原因嗎？」

佐方忍不住暗自臭罵：「混帳東西！」佐方就是因為在地檢署內部問不出答案來，才會來到這裡。山路明知這點，卻刻意找樂子地等著看佐方如何回答。

山路從喉嚨深處發出笑聲。

「真是不好意思，光是看到檢察官，我就會忍不住想要欺負一下。一想到你和那個叫神田的男人屬於同類，我就克制不了自己。」

佐方對著山路緊迫盯人地說：

「到底發生了什麼事？你對神田做了什麼？」

山路收起臉上的笑容。

「你問我對神田做了什麼？看來你真的毫不知情呢，真是太可笑了。沒問題啊，我就告訴你答案吧！神田不是被怎麼了，而是他讓某位女性留下一輩子也揮之不去的傷痛。」

佐方無法理解山路說的話。

山路一改原本吊人胃口的口吻，口若懸河地描述起事件經過。

大約一個月前，某女子前來造訪山路。女子表示自己在當年春季成為司法實習生，開始在地檢署接受檢察實務的實習訓練。實務實習訓練結束後的慶功宴上，事件發生了。

當時，神田是負責實習生之實務實習的訓練人員之一。神田在慶功宴上灌醉該女子後，將女子帶往自己的獨居住處強姦。

「神田不可能那麼做！」

佐方大喊道。

佐方根本不相信表現優秀又為人親切的神田會做出強姦女生的行為。

「真的是強姦嗎？山路先生應該也知道，要證實強姦是極其困難的事情，也有可能是和姦。」

山路一副感到憐憫的表情看著佐方。

「我能夠體會你想要袒護自家人的心情。不過，這明顯是強姦案，該女性被強姦後獨自去過醫院。當時的病歷也都還保留著。」

山路攤開放在桌上的文件。

「經過內診後，發現有遭到男性器官強硬插入的痕跡，身體也有多處部位疑似被人強壓住而造成的皮下出血，有些部位甚至有發腫現象。除此之外……」

山路滔滔不絕地描述女子所受的屈辱。佐方一臉彷彿自己就是犯罪者的表情，聆聽著事件的來龍去脈。

山路描述完事件的完整經過後，佐方過了一、兩分鐘才好不容易擠出聲音。面對出乎預料的事態演變，佐方不知道自己該說什麼才好。

佐方好不容易才開口詢問：

「那位女性有去報警嗎？」

山路毫無遲疑地回答：

「有，離開醫院後她就立刻去報警。」

佐方緊咬住牙根。原來警方也知道這次的事件。然而，別說是地檢署內部，從警方那邊也沒有傳出事件的相關消息。警方也好，地檢署也好，雙方結成一夥掩蓋了自家人的醜聞。

看著佐方說不出話來，山路再使出重重的一擊說：

「你猜我去找檢察長的時候，他說了什麼？檢察長說強姦案很難進行審判，有時只會害得出庭的女性淪為話柄就收場。而且，警方所提供的調查報告缺乏可加以起訴的足夠證據，所以難以證實有罪。」

山路露出帶有嘲笑意味的笑容。

「真不知道該形容這是美好的同胞愛，還是內部掩蓋事件的齷齪行為？反正不管怎樣，都只讓我覺得反胃。」

比起真相究竟是強姦還是和姦，一名女子受了傷害，警方和地檢署卻抹滅該事件的事實更讓佐方感到難以原諒。

「我已經把事件的概要都說給你聽了，你請回吧。」

山路單方面地說完話之後，便催促佐方離開法律事務所。

離開法律事務所後，佐方直接前往地檢署。

佐方表情猙獰地在走廊上前進，四周的人們都不由得回過頭看。即便如此，佐方也毫不在意地朝向檢察長室快步走去。

佐方來到檢察長室的門前，握住門把準備開門時，突然有人抓住他的手。

「你怎麼了？看你一臉不對勁的表情。」

原來是筒井抓住了佐方的手。

「你來這裡要做什麼？」

筒井露出像在偵訊犯人的目光看著佐方。佐方沒有回答，並且加重握住門把的力道。

筒井瞪著佐方說：

「你過來一下。」

佐方奮力抵抗。

「請放開我。」

佐方拚命抓住門把不放。

「廢話少說！過來！」

筒井硬是從門上扯開佐方，使出蠻力把佐方拉進會議室。

進到會議室後，筒井鎖上門鎖，粗魯地推開佐方。

「發生什麼事了？」

佐方沒有回答，沉默不語地瞪著筒井。

「佐方，快回答！」

筒井的怒罵聲響遍整間會議室。

呼吸急促之中，佐方擠出聲音說：

「神田強姦了女生。」

筒井的臉色大變。

佐方把從山路口中聽來的所有內容說給筒井聽。

「神田是同事，也是我的學弟。不過，他更主要的身分是一個檢察官。站在依法制裁人們立場的人，卻做出犯罪行為。不僅如此，警方和地檢署還結成一夥試圖抹滅這個事實。這是絕對不能被允許的事情。」

佐方向筒井尋求同意。

「筒井先生，我說的沒錯吧？」

然而，筒井的反應與佐方預想中的完全相反。

「那你想怎麼做？」

筒井面無表情地問道。

佐方瞪大著眼睛。

「筒井先生，你竟然會這麼問我？」

佐方的臉上頓時失去血色，緊緊握住了拳頭。

「我懂了。原來神田的事，你也是知情者之一啊。」

佐方感覺到體內的血液逆流而上，並使出全力揪住筒井的胸口。

「為什麼你知情卻還保持沉默？有權制裁罪惡的人卻對罪惡視而不見，你知道會怎樣嗎？」

筒井保持任憑佐方揪住胸口的姿勢開口說：

「神田是個優秀的檢察官。」

「他身為檢察官或許相當優秀，但身為一個人卻是惡劣至極，不是嗎？」
筒井一把抓住佐方的手，粗魯地扯開來。
「一個人的僅僅一次過錯，關係到地檢署，乃至於整體檢方的信用。檢方不能失去威嚴。」
「你是為了自保嗎？還是為了袒護自己人？」
憤怒情緒使得佐方的聲音顫抖不已。
筒井沒有回答，沉默地注視著佐方。筒井的眼神帶著訓誡的意味。
佐方瞪著筒井說：
「既然沒有人要起訴神田，那就由我來起訴！」
筒井的表情變得嚴厲。
「每一個檢察官都可以是獨任制的政府機關，並且具有可以單獨提起公訴的權限。是這樣沒錯吧？」
一陣沉默過後，筒井低喃說：
「沒錯，如你所說，每一個檢察官都具有起訴權限。不過，你也知道在現實中，這世界的規則就是底下必須服從上面的命令，不是嗎？只要上面說是清白的，就算有罪也要當成清白來看待。」
佐方一副無法認同的態度，別開臉不願看向筒井。筒井用講道理的口吻說：
「神田已經受到制裁。他已經斷了升遷之路，那也是他必須付出的代價。」

「胡說！」

佐方大喊道。

「罪惡不是可以取代的！如果沒有以那個人犯下的罪行來制裁，還有什麼意義可言！」

方才從山路口中聽到的女子受傷情節，在佐方的腦海血淋淋地浮現。女子被強姦時不知道有多麼恐懼？女子獨自前往警局和醫院時不知道有多麼不堪？想到這些事情後，佐方再也無法壓抑憤怒情緒。佐方扯著喉嚨大喊：

「如果不那麼做，被害人該情何以堪？被神田傷害的女生的憤怒和屈辱該往何處宣洩？」

沉默的氣氛籠罩整個會議室。

筒井面無表情地聽著佐方的控訴，連眉毛也沒動一下。佐方看破了筒井的想法，筒井並不打算重新調查這次的案件。為了守住檢方的權威，筒井打算封印起神田的罪過以及受害女子的屈辱。

佐方好不容易擠出聲音說：

「直到前一刻，我一直都很尊敬你。」

筒井微微扭曲著表情。

佐方取下別在胸前的徽章，擱在桌子上。

「什麼秋霜烈日（註8），笑死人了！」

佐方往門口走去。筒井的聲音追著佐方的背影傳來：

「不只有揭穿真相，才稱得上正義。」

佐方頭也不回地回答：

「你說的是什麼正義？我的正義就是公正嚴懲罪行。」

佐方忽然感覺到指尖發燙，整個人跳起來。他的思緒從十二年前拉回到現在。佐方環視四周尋找使他指尖發燙的熱源，結果發現只剩下濾嘴的香菸掉落在床單上。佐方急忙撿起香菸，丟進菸灰缸裡。幸好只有菸灰掉落在床單上，床單沒有被燒出一個洞來。

佐方鬆口氣地抬起頭後，看見牆上的鏡子映出自己的模樣。真生說得沒錯，佐方一頭亂髮，身上的襯衫滿是皺褶。長年使用的領帶就算打得直挺，也一下子就歪斜變形。

佐方心想偶爾換上睡衣也好，於是伸手打算解開襯衫的鈕扣。不過，發現放置睡衣的衣櫃距離床鋪有點遠，他也就改變念頭鬆手放開了鈕扣。佐方已經懶得爬出被窩。

隨著疲憊感一鼓作氣地湧上來，佐方的眼皮變得沉重不已。

佐方沒有抗拒睡魔的誘惑，乖乖在床上躺了下來。依真生的說法來說，佐方的註冊商標就是

註8：秋霜烈日是日本檢察官的徽章，代表檢察官的權力宛如烈日，人民在檢察官的面前就像秋霜一般脆弱，當烈日一照，秋霜就會融化。其意在提醒檢察官必須對自己的權力有充分的警覺，以免傷害人民。

一頭亂髮加上皺巴巴的西裝，看來這註冊商標短時間內是不會改變了。

佐方的視野變得模糊，眼皮也自然地垂了下來。

——照現在這樣下去，您不可能贏得了這場官司。

佐方的腦海裡迴盪著真生今天說的話。

沒錯，照現在這樣下去，不可能打贏官司。除非握有事件關鍵的證人願意出庭，否則不可能打贏官司。

佐方閉上眼睛。

該做的都做了，再來也只能祈禱證人在法庭現身。

15
公審第三天

公審最後一天，被告人質詢結束後，法庭接下來即將進行最終論告。這天與公審首日和第二天一樣，法庭裡籠罩著和煦的陽光。

陽光打在靠窗的座位上，真生坐了下來後，解開紫色布巾包，拿出寫著最終論告的文件，整齊排列在桌上。

對於辯方和檢方的詰問，被告自始至終提出相同主張。被告的主張也與警方的筆錄內容一致，毫無出入。

真生環視法庭一遍。

旁聽席上幾乎座無虛席，真生看見小坂也混在一般旁聽人之中。小坂今天也一樣坐在第一排座位上，直直盯著前方看。

真生耳邊再次響起昨天小坂說過的話。

——無論如何都要把證人請出來，否則真的會輸了這場官司。

真生把視線移向應訊檯的另一端，看見佐方坐在辯護席上。他閉著眼睛，雙手擱在膝蓋上。

真生用力握緊在桌上交握住的雙手。

小坂說的證人是誰？這個證人知道什麼內情？他會出庭嗎？

一股不安情緒湧上真生的心頭，背部開始滲出汗珠。

真生暗自問自己究竟在害怕什麼？害怕輸了必須打贏的官司嗎？不想忍受慘敗時的恥辱嗎？還是擔心自己一路來所相信的事實有可能是錯誤的而心生恐懼？

審判長寺元的聲音響遍整間法庭。

「現在開始進行最終論告。檢察官，請進行論告。」

真生看向寺元後，寺元點頭示意真生進行論告。真生把視線從寺元移向佐方，佐方正看著真生。佐方靠在椅背上，直直注視著她。佐方的目光讓她感到胸口一陣騷動，真生不知道是不是自己多心，總覺得佐方的眼神看起來充滿自信。

真生咬緊牙根，從正面直直看著佐方。

妳在害怕什麼東西！

真生暗自斥罵心生膽怯的自己。她告訴自己，是在篤信被告即是凶手的狀況之下，面對這場審判。這樣的心態並沒有改變，此刻也對被告即是凶手的事實深信不疑。真生告訴自己只要相信自己，勇往前進就好。

真生從座位上站起來，深深吸入一口氣。緩緩吐出囤積在肺部的空氣後，真生喊出被告的姓名：

「被告島津邦明。」

法庭裡的人們目光，集中到坐在被告席上的男子身上。島津就坐在辯護人的桌子前方。島津身穿黑色長褲搭配白襯衫，襯衫外面套上米色外套。島津剪了一頭短髮，鬍鬚也剃得十分乾淨。

被喊了姓名後，島津只移動視線看向真生。島津的眼裡充滿威迫神色，那是在威嚇敵人的眼神。真生沒有理會島津的目光，展開了論告：

「被告島津邦明於去年十二月十九日的二十點至該日二十二點之間，在米崎市的格蘭維斯塔飯店一二〇七號房，使用刀子刺傷被害人高瀨美津子女士的胸部，進而殺害對方。被告否認一切事實，並辯解之，辯護人亦主張被告無罪。然而，本案是因為與被告有外遇關係的被害人，逼迫被告與妻子離婚，並要求被告與被害人結婚，而釀成的殺害事件。這部分根據警方所調查的各相關證據，皆已獲得合理證實，毫無懷疑的餘地。」

真生將文件翻頁後，繼續說：

「被告在去年七月，於自身授課的陶藝教室結識美津子女士。兩人沒多久即展開親密交往，最後事態演變至這次的事件。針對兩人是男女關係的事實，已透過高瀨家的鄰居和一同在陶藝教室上課的學生取得證詞。」

真生瞥了島津一眼。島津動也沒動一下，沉默地聆聽論告，唯獨一雙眼睛顯得炯炯有神。真生把視線拉回文件說：

「從美津子女士開始到陶藝教室上課隔兩個月後，到案發的十二月期間，被告人與美津子女士私底下多次會面。不僅有人目擊到兩人在酒館裡一起喝酒，根據酒館工作人員的證詞，也指出兩人表現得極度親密。事實上……」

真生說到一半停頓下來，把視線移向旁聽席。

「美津子女士的丈夫高瀨光治先生，也承認美津子女士有外遇。」

真生的視線前方出現光治的身影。光治坐在旁聽席的角落位置，胸前捧著妻子的遺照。光治面無表情的面容讓人留下沉著冷靜的印象，但直直盯著島津的眼神裡，透露出壓抑不住的憤怒情緒。

「不過……」

真生加重了語氣。

「在案發約一個月前，兩人的關係起了變化。美津子女士有了想和丈夫離婚，與被告廝守的念頭。於是，美津子女士開始逼迫被告與妻子離婚。另一方面……」

真生稍作停頓，從正面直直看著島津。

「被告壓根兒就沒打算與妻子離婚，與美津子女士再婚。被告人的女性關係從以前即相當高調，在與美津子女士交往之前，曾經與多位女性有過關係。此事實已經從與被告交往過的女性和周遭人士的證詞中取得證實。」

在一片鴉雀無聲的法庭裡，真生的透亮聲音顯得更加響亮。

「對被告而言，美津子女士就跟過去交往過的女性一樣，不過是一時的玩樂對象罷了。面對美津子女士要求被告與妻子離婚，好跟她長相廝守的糾纏，被告開始感到厭煩。這點從聽過美津子女士訴苦的鄰居證詞可一窺究竟。」

真生闔上原本攤開的文件，朝法官席舉高另一份文件。幾名裁判員拉長著脖子，看向真生手上的文件。

「這是昨天接受證人詰問的西脇法醫所製作的死亡證明書。昨天進行證人詰問時，西脇法醫也已經提供過證詞，從成為凶器的刀子上已檢驗出被告的指紋和掌紋，而從脫在地上的浴袍上，則檢驗出被告的體液。此外，從被害人的指甲中也採取到被告的皮膚。針對十九日二十點鐘至二十二點鐘之間的推測遇害時間，島津被告和被害人同在飯店房間裡的事實也已經獲得證實。」

挪動椅子的喀嗟聲響傳來。真生看向聲響傳來的方向，發現島津在椅子上重新坐正身子。他一副難以鎮定的模樣動來動去，不停發出喀嗟喀嗟聲響。站在兩側的警官要求島津保持安靜。

在這種時刻，根本沒必要特地挪動椅子。很明顯地，島津是為了打斷論告，才刻意發出聲響。真生忽視島津的騷擾，繼續進行論告：

「被害人於去年十二月十九日，預計與被告島津邦明外宿一晚而前往飯店。兩人在飯店為了未來關係而發生口角，被害人遭到被告一刀刺中心臟致死。被告島津殺害美津子女士後，便離開了現場。被告是在二十一點三十多分離開飯店。當天載了被告的計程車司機已提供證詞，證明這個時間無誤。計程車司機也提供證詞表示被告當時相當慌張。」

這時，真生朝佐方投去犀利的目光。

「辯方表示倘若被告是凶手，就不會做出留下足跡的舉動，也提出不可能在犯行後搭乘計程車的辯護說法。不過，被告是以假名預約飯店，所以被告可能認為自己的身分不會曝光，才搭乘計程車。」

真生的視線移向法庭。

「別說是被告接受警方偵訊時的口供，方才進行被告詰問時，被告自始至終也都是提出相同的主張。依被告的主張內容，被告與本案之被害人美津子女士的結識過程一致，但被告表示自己既不曾與美津子女士有過肉體關係，彼此也沒有特別關係。被告承認自己是別有居心才會前往飯店，但進到飯店房間裡沖了澡，客房服務送來晚餐後，美津子女士便抓起隨著晚餐送來的刀子朝他展開攻擊。被告在不明白自己為何會遭到攻擊之下，忘我地奮力奪下刀子，並換回自己的衣服，最後留下癱坐在地上的美津子女士，獨自離開房間。至於在那之後發生了什麼事，則一概不知。」

真生加重語氣繼續說：

「不過，冰雪聰明的各位看著審判一路進展過來，想必都看得出被告的主張有多麼缺乏可信度，完全是毫無根據的推託之詞。從提交的物證、環境證據，都可明確得知本案是被告所犯下的罪行。」

法庭裡的氣氛變得緊繃。

真生在這時壓低聲音，垂著眼簾說：

「被害夫婦在七年前因為一場車禍失去了孩子。對丈夫而言，在失去孩子後，現在妻子又遭到殺害。大家可想像得出來只剩下自己孤單一人的遺屬有多麼地悲傷？」

法庭裡的所有人目光都集中到光治身上。光治捧著遺照不動，一直注視著地面。

真生抬起頭，讓視線掃過旁聽席的每一個角落。

「的確，美津子女士也有過錯。不論是基於什麼理由，已經為人妻子卻還與其他異性發生關係都是不被允許的行為。不過，與美津子女士關係親密的鄰居提供過證詞，表示美津子女士從以前就是一個認真直率的人，還說美津子女士是個做不到敷衍了事或草率行事的人。」

真生真情流露地傾訴著。

「這次的事件或許就是因為美津子女士的認真個性，換言之也可以說是因為她的單純而帶來了反效果。如果美津子女士是一個更懂得算計，也能夠隨隨便便過日子的人，或許就不會發生這次的事件。有誰忍心責罵敦厚老實的美津子女士呢？」

此刻，法庭簡直成了真生的個人秀場。除了佐方和島津之外，所有人都入迷地聽著真生的論告。

真生氣勢洶洶地轉過身子，狠狠瞪著坐在被告席上的島津。

「不過，被告就不同了。如方才所說，對被告而言，美津子女士的存在微不足道，她不過是多數玩樂對象當中的一人罷了。光是回顧被告一路來的女性問題，便足以讓人質疑被告的為人，而這次明明是被告主動邀約個性認真的女性，卻在發現女性動了真感情而覺得棘手後，索性殺死對方。我不得不說這是過於單方面，而且自私衝動又頭腦簡單的犯罪行為。」

真生在這時離開座位，站到法官席前方。她一個個地依序看向三位法官以及六位裁判員。

「美津子女士因為過於單純，才會向一個只抱著玩樂心態看待兩人關係的男人，尋求真摯愛情。美津子女士被自己所愛的男人殺害，其內心的遺憾想必超乎我們的想像。美津子女士生前看到的最後一幕，是她所愛的男人持刀刺向她的身影。」

論告進入高潮。真生轉身面向後方，環視法庭一遍。

「這次的犯行完全起因於自私人性，是一種以自我為中心、只顧及到自己的行為。不僅如此，明明有如此齊全的證據擺在眼前，被告卻仍試圖找藉口說自己是清白的。如此卑劣的態度，只能用一句『不堪入目』來形容。從被告的態度看不到一絲悔過之意，毫無酌量減輕其刑的必要。」

法庭裡沒有人開口說話，只傳來媒體們在筆記本上揮筆的聲音。

真生移動視線看向光治，旁聽席上的視線也隨著真生集中到光治身上。

「身為遺屬的高瀨先生也渴望被告接受嚴懲，我聽見了高瀨先生的痛訴。他痛訴必須讓被告明白自己犯下的罪行，害得遺屬承受多麼痛苦的折磨。這世界不應該放任一個害得他人家庭支離破碎的罪人無憂無慮地過活。犯了罪就必須付出代價！」

光治捧著遺照，一直閉著眼睛。

「只要思考到本案犯行的殘酷性，以及被告在案發後的言行舉止，使得被害人與其遺屬在心靈和肉體上承受了多大的折磨，就能夠體會高瀨先生強烈渴望被告接受懲處是極其理所當然的反應。我們必須把這點放大到最大來酌量刑罰。」

真生看向島津。島津搔著冒出汗珠的額頭，擱在膝蓋上的手緊握著拳頭。真生看著島津，針對論告做起總結：

「在證據上，已明顯指出被告無疑就是本案凶手。明明如此，被告卻打從調查階段便一直徹底否認，即便進入公審階段，仍繼續保持否認態度。被告瞪視多位證人，死命掙扎好讓自己可以免於刑責。對於自己的凶狠毒辣罪行，被告沒有一絲一毫的悔過之意。即便把被告沒有前科的事實納入考量，依舊是罪責重大。不論是從不再讓我們的社會發生相同犯罪的觀點來看，或是從必須讓被告深深反省，以避免被告再次犯罪的觀點來看，都有必要嚴懲之。因此……」

真生氣勢洶洶地轉身重新面向法官席，直直注視著審判長寺元的眼睛。

「我在此要求對被告處以十五年的有期徒刑。」

幾名媒體相關人士從旁聽席上站起身子，往門外衝去。

真生以眼角餘光看向佐方。佐方低著頭，保持雙手交叉在胸前的姿勢。

「我的最終論告到此結束。」

真生離開應訊檯，回到自己的座位上。

最終論告後，設有十五分鐘的休息時間。

法庭裡幾乎所有人都離開座位，真生也走出法庭。

走廊上擁擠不堪，有人要上廁所，也有互相在交談的旁聽人。為了避開喧鬧人群，真生朝走廊盡頭的窗戶走去。

真生從三樓的窗戶，眺望大白天的辦公大樓區，車子一輛接著一輛在大樓之間穿梭。真生發愣地望著車流。

審判有其進展方向，有時會照著自己的盤算進展，但有時也會朝向出乎預料的方向進展。

一路來，真生成功挑戰過無數審判。在還是菜鳥時，真生並無法看出審判的進展方向，但到了被稱為中堅分子的現在，真生已經能夠憑感覺掌握到進展方向。那不是可以用道理說明，而是一種從經驗中培養出來的感覺。

真生知道自己的最終論告確實抓住了法庭裡的人們的心。判決想必也會依一般行情，比求刑年數少個一、兩年。

即便如此，真生內心還是響起警報聲，警告她這次的審判跟平常有所不同。毫無疑問地，審判是順著真生的盤算方向在進展。明明如此，真生卻感到心慌，難以鎮靜下來。真生從未遇到過這樣的審判。

為了讓心情平靜下來，真生準備閉上眼睛時，背後傳來說話聲。

「庄司小姐。」

真生嚇一跳地回過頭後，看見三宅晃出現在眼前。三宅是去年地檢署錄用的檢察事務官，這次的案件是由他負責搜查和管理證據。

「你也來了啊。」

看見熟悉的面孔後，真生的緊繃情緒得到緩和。三宅聲音響亮地應了一聲「是」之後，要帥地拉了一下西裝領口。

「筒井部長命令我到法院來，並隨時向他報告公審狀況，所以我就來了。」

一般來說，都是等到判決結果出爐才會聯絡部長。部長竟然會派三宅到法院來向他報告進展狀況，可見相當在意審判結果。說穿了，部長想必就是掛念著前任下屬和現任下屬的勝負結果。

或許是看見真生不發一語而察覺到了什麼，三宅探出頭看向真生的臉，露出開朗的笑容為真生打氣說：

「沒事的，我已經告訴筒井部長我們絕對會打贏的。」

三宅在胸前交叉起雙手，一副感到佩服的模樣點了點頭。

「庄司小姐果然厲害，剛才的論告做得太好了，簡直無可挑剔！包括法官和裁判員在內，旁聽席上的所有人都聽得入迷。已經是勝券在握了。」

真生一臉黯淡的表情，垂著眼簾說：

「但願如此。」

三宅瞪大眼睛，露出感到意外的表情說；

「有什麼事情讓妳很在意嗎？」

真生急忙搖搖頭說：

「沒有。只不過，畢竟審判這東西不到判決結果出爐，誰也不知道會怎樣。」

「真是嚇我一跳。」

說著，三宅在臉上浮現樂天派的笑容。

「庄司小姐，難得見妳這麼怯弱，一點也不像妳的作風喔。」

我不是怯弱，而是覺得心慌。真生本打算這麼回答，但打消了念頭。

三宅在工作上雖然很仔細，但是一個個性大刺刺的男生。即使在工作上失誤而被痛罵一頓，也不曾看過三宅顯得沮喪的模樣。剛被痛罵完後，三宅多少會變得少話一些，但頂多只撐得過半天。到了隔天，就會看到三宅一副什麼事也沒發生過的模樣哼著歌。

三宅的口頭禪就是「於事無補」。每次一發生什麼事情，他就會把口頭禪掛在嘴邊，像是「氣餒也於事無補啊」、「抱怨也於事無補啊」。說得好聽一點，可以說三宅很正向，但說得難聽一點，他的個性就是凡事都不會深入思考。就算真生說出此刻的心情，憑三宅的個性也不可能理解。

三宅還繼續說著：

「而且，那個叫佐方的律師，怎麼看都不覺得他有多機靈。審判前一天還喝得醉醺醺的，真不知道他的神經是有多大條。雖然傳言都說他是個強勁對手，但傳言畢竟只是傳言罷了。妳不可能輸給那種男人的。」

三宅在公審第一天見過佐方。真生在走廊上向佐方搭腔時，三宅站在真生背後看著佐方。的確，佐方的外表看起來一點也不機靈。佐方在審判前一天放肆飲酒的舉動也讓人難以理解。不過，真生看得出來佐方是個辯護專家。

佐方有雙深邃的眼睛。那感覺就像人們眺望著相同一片海洋時，大家都看著水面，佐方卻是在觀察深海。佐方的目光平靜，但彷彿能貫穿到人們的內心深處。或許就是這樣的眼神，讓真生感到心慌也說不定。

「時間差不多了吧？」

三宅的搭腔聲音讓真生回過神來。真生看了手錶一眼後，發現如三宅所說，重新開庭的時間確實就快到了。

真生做了一次深呼吸。

如果是在平常，真生一向難以認同三宅所說的「於事無補」。真生認為在斷言說出「於事無補」之前，應該要先多加思索才對。

不過，此刻真生覺得三宅的說法或許也有道理。該做的都做了，再來也只能做好心理準備等待判決結果。

真生重新面向三宅說：

「你幫我轉告部長一聲，幫我跟他說：『請期待好消息！』」

真生在臉上浮現微笑，三宅也回以微笑說：

「遵命。」

16

真生回到座位上時，發現幾乎所有人都已經就座。連法官和裁判員也已經全員到齊。旁聽席上，也看見了被害人丈夫光治的身影。

真生環視法庭一遍後，皺起眉頭。小坂沒有出現在法庭裡。真生的目光掃過每一個角落，還是沒找到小坂。

小坂會不會臨時有事先回去了？真生這麼猜想，但立刻否定這個想法。小坂昨天表現出那麼在意審判結果的態度，沒道理不聽判決就先回去。

是不是發生什麼事了？

真生才慢慢恢復鎮靜的內心，再次陷入騷亂。

這時，關上法庭大門的聲音傳來。

重新開庭的時間到了。

「開始繼續進行審判。辯護人，請進行最終辯論。」

審判長寺元看向佐方說道，法庭裡的人們目光集中到佐方身上。佐方邊抓頭邊緩緩從座位上站起來。

佐方究竟會如何進行最終辯論？真生屏住呼吸，等待著佐方的話語。

佐方以一句「首先」切入話題。

「在進入最終辯論之前，有件事情想要懇求審判長許可。」

聽到「懇求」兩字，真生的心臟猛力跳動一下。

寺元用指尖頂了一下金框眼鏡說：

「什麼事？」

佐方看向寺元說：

「請求審判長許可傳喚一名證人出庭作證。」

法庭裡掀起一片騷動。面對突如其來的證人聲請，寺元似乎也感到訝異。

寺元向真生尋求意見。真生站起身子，直截了當地說：

「辯方未在進行審前整理程序時提出該證人之聲請，所以並非不得已事由。」

寺元以眼神示意真生坐下來。看著真生坐回椅子上後，寺元的視線移向佐方說：

「如檢察官所說，在進行審前整理程序時提出聲請的證人，理應都已出庭作證過。」

佐方露出嚴肅的表情點了點頭。

「是。不過，在完成審前整理程序後，我方得知有一位與本案有著極深關聯的證人。在那之後，我方持續與該證人溝通，請求該證人出庭應訊。該證人因為某理由一直抗拒出庭應訊，但是，到了判決即將出爐的今天，該證人下定決心來到這裡，表示願意出庭作證。」

法庭裡的騷動加劇。寺元放大嗓門喊了一聲：「請保持安靜。」

法庭裡再次恢復一片靜謐。寺元慎選字眼地詢問佐方說：

「對本案而言，該證言是否很重要？」

佐方以堅定的眼神直直看向寺元。

「該證言是關係到本案根源的內容。」

法庭裡的人們倒抽了一口氣。佐方以淡淡的口吻繼續說：

「本案若少了這名證人的證詞，將無法完成審判。對這名證人來說，出庭應訊是一件必須有莫大決心的舉動。畢竟出庭應訊等於是要這名證人親口坦承自己過去所犯下的過錯。」

佐方稍作停頓後，才繼續說：

「不過，今天，這名證人是在願意承受此事實之下，來到法院。證人內心的掙扎和苦惱想必不是我們所能想像。」

佐方環視法庭一遍。

「法官席上的長官們，以及法庭裡的所有人士，我在此懇求各位做出明理的判斷。我不希望白費了證人的勇氣和清高良心。懇請各位允許該證人出庭應訊。」

法庭裡，激昂和困惑的聲音在空中交雜。

寺元與坐在兩側的法官低頭耳語，三位法官把臉湊在一起討論著。端坐在兩側的裁判員們一副難以鎮靜的模樣，等待著審判長的指示。

三位法官湊近彼此討論了好一會兒後，互相點點頭，重新坐正身子。寺元向法庭宣布休庭十分鐘。

法官和裁判員紛紛退庭。他們想必是打算在評議室進行協議，討論是否要讓佐方所說的證人出庭。

面對出乎預料的事態發展，旁聽席上陷入一片混亂。真生很努力地佯裝冷靜，但其實也是陷入混亂中的一人。真生坐在檢察官席上拚命思考。本案的重要證人到底是誰？究竟是什麼證詞能顛覆真生幾乎可說是贏定了的判決？

在超過預定時間五分鐘後，法官們回到法庭上。對真生而言，這段時間漫長得就像已經過了一、兩小時。

寺元坐上座位後，環視法庭一遍，用響遍法庭每個角落的響亮聲音說：

「經過與兩位法官、六位裁判員進行協議後，雖然算是特例，但我們決定讓證人出庭應訊。」

法庭裡揚起近似感嘆，也像是呻吟的聲音。

真生站起身子。

「我反對，這違反刑訴法三一六條之三二項規定。」

寺元轉頭面向真生說：

「這是經過合議而做出的決定，反對無效。」

真生使力壓抑住就快顫抖起來的雙手，雙手交握住的手心滲出汗珠。真生心想：「原來這就是讓我有不好預感的不明物真面目，這場審判果然不會就這麼結束。」

真生從眼角餘光看見三宅的身影。三宅坐在靠窗的角落座位上，憂心忡忡地看著真生。真生從三宅身上別開視線，坐回座位上。

——幫我跟部長說：「請期待好消息！」

稍早前真生親口說的話語，在腦海裡化為碎片崩落。

真生再次看向佐方，佐方動作俐落地整理好手邊的文件。那想必是佐方接下來要進行最終辯論的資料。

真生緊緊咬住牙根。

有什麼好害怕的？事到如今，不管是誰出庭應訊，都不會顛覆判決結果。已經證實了這麼多足以讓被告人定罪的事實，對自己下了這麼多的工夫，真生深具信心。她告訴自己就好好看一看佐方怎麼表演，看他究竟掌握到了什麼。

佐方走近位在法庭前方的房門後，伸手開門。所有人的目光一齊投向房門。

一名男子站在門後。男子年約六十歲上下、微微駝背，身穿褪色的深藍色外套。男子的體格不算高大，也不算矮小，中等身材。不知道是平常就是這副表情，還是因為緊張，男子的表情看起來不太好相處。真生沒印象曾見過這名男子。

小坂跟在男子的身後。原來小坂是因為陪同男子，才沒有出現在旁聽席上。

這時，一聲巨響響起，所有人的視線紛紛移向聲音傳來的方向。

大家在視線前方看見了島津。島津從椅子上站起身，凝視著男子。島津的臉色鐵青，雙唇不停顫抖。方才是島津猛地站起身子，而撞倒椅子的聲響。站在兩旁的警官扶起椅子放回原位後，硬是壓著島津坐回椅子上。

真生感到困惑不已。島津如此驚訝是為了什麼？為什麼島津會如此慌亂？門後那名男子究竟是誰？

「請進。」

佐方催促後，男子走進法庭，被帶著走向應訊檯。站上應訊檯後，男子在桌上交握起雙手。

寺元朝向男子開口說：

「你就是證人？」

「是。」

男子以粗獷的聲音答道。

「請教大名。」

「我是丸山秀雄。」

真生對這個名字沒有印象。

「你的職業是？」

「我目前沒有在工作。」

「聽辯方所說，你是下了莫大的決心才來到這裡。你在法庭上所說的一切證詞都會被記錄在公審紀錄裡。你知道這點嗎？」

「知道。」

確認過丸山的想法後，寺元點點頭看向佐方說：

「請進行證人詰問。」

佐方站到應訊檯的前方，保持與丸山面對著面的姿勢。佐方直直注視著丸山說：

「首先，我想在此向您表達謝意。老實說，我一直以為您不會前來。」

丸山沉默地低著頭，一句話也沒回答。丸山閉著眼睛，那模樣彷彿在說：「沒什麼好道謝的。」佐方環視法庭一遍後，開口說：

「那麼，我就開始進行證人詰問。」

佐方翻開手上的文件。

「丸山先生，請問您貴庚？」

「六十一歲。」

「您以前從事什麼職業？」

「警察。我去年已經退休，現在過著退休生活。」

法庭裡的氣氛變得緊繃。寺元似乎也感到很意外，眨了眨眼睛。佐方繼續進行詰問：

「可以請您告訴我們您的經歷嗎？」

「我被錄用為縣警局警官後，在轄區分局服務。後來以巡查部長身分隸屬於縣警局本局的交通二課。最後以警部補（註9）退役。」

佐方抬起頭看向丸山。

「今天在場的人當中，有您認識的人嗎？」

一直低著頭的丸山微微張開眼睛說：

「有。」

旁聽席上的人們互相看來看去。

「您認識哪位呢？」

丸山抬起頭，緩緩看向側邊說：

「坐在那邊的男性。」

丸山的視線停留在被告席。法庭裡的所有人目光，集中到坐在被告席上的島津身上。佐方再次確認說：

「您認識被告人島津，是嗎？」

丸山點點頭說：

「是。」

註9：警部補是日本警察階級之一，位居警部之下、巡查部長之上，負責擔任警察實務與現場監督的工作。

島津露出猙獰的面孔瞪著佐方和丸山。

真生不禁納悶。丸山是佐方傳喚的證人，為什麼島津會以帶有敵意的眼神，看著理應會做出對其有利之證詞的證人？

佐方沒有理會島津的視線，繼續進行詰問：

「請問您是在什麼時候認識被告人島津？」

「七年前。」

「您是怎麼認識他的？」

「因為一場事件。」

佐方為了強調字眼，反覆說了一遍：「一場事件。」

「那是什麼樣的事件？」

丸山以冷靜的口吻回答：

「當時一名就讀小學五年級的小男生，在從補習班回家的路上被車子撞死。」

「我反對，這件事與本案沒有關聯性。」

真生站起身子說道。真生被自己的沙啞聲音嚇了一跳，她發現自己因為緊張而喉嚨發乾。

寺元看向佐方說：

「請辯方說明為何在此提出七年前的事件？」

佐方也看向寺元。

「這部分在我接下來的發問就會知道原因。」

寺元雖然皺起眉頭，但以沉默表示讓步。真生不得已也坐回椅子上。佐方重新展開詰問：

「七年前的交通死亡事故，請您告訴我們當時不幸身亡的男孩姓名。」

丸山以冷靜的口吻回答：

「高瀨卓。」

高瀨。真生花了一些時間，才理解「高瀨」這個姓氏有何含意。

真生輕叫一聲。

丸山繼續說：

「他是這次的被害人高瀨美津子女士的兒子。」

法庭裡揚起驚呼聲。為了蓋過驚呼聲，佐方的宏亮聲音響遍法庭：

「被害人的兒子。也就是說，他也是坐在旁聽席上的美津子女士的丈夫，也就是高瀨光治先生的兒子，對吧？」

「沒錯。」

真生看向坐在旁聽席上的光治。

光治看著佐方，眼神相當犀利。不知道是不是因為光線太強，真生總覺得光治的臉色顯得蒼白。

佐方繼續進行詰問：

「請您詳細說明那場事故的狀況。」

丸山用像在朗讀筆錄內容的語調回答：

「七年前的六月十六日晚上，三森市岡崎町的馬路上發生了交通事故。那是汽車和腳踏車相撞的事故，騎腳踏車的少年被撞飛到十幾公尺外身亡。當天是雨天，身亡少年的友人是唯一的目擊者，該友人當時在少年後方同樣騎著腳踏車。」

「唯一目擊者的友人證詞是什麼樣的內容呢？」

「證詞內容是『汽車闖紅燈，並且以飛快的速度衝上斑馬線。撞到腳踏車後，走下車來的男人發出酒味』。」

佐方搔了搔頭說：

「意思是說該駕駛應該以危險駕駛致死罪接受審判，是嗎？」

「是。照理說是該如此。」

佐方有些誇張地露出無法理解的表情。

「您說『照理說是該如此』是什麼意思呢？」

這時，丸山第一次說話變得含糊。

「就是字面上的意思，照理說是該如此。」

佐方解釋起丸山的話語含意：

「照理說該駕駛應該以危險駕駛致死罪接受法律制裁，但結果不是這樣的處分，您是這個意思吧？」

丸山咬住嘴唇，點了點頭。

「事故原因變成少年的過失。」

法庭裡再次掀起一片騷動。寺元也往前探出身子，入迷地聽著佐方和丸山的對話。

佐方繼續進行詰問：

「明明有目擊者，為什麼事實卻被扭曲了呢？」

「因為駕駛否定闖紅燈和飲酒的事實，也沒有人提出飲酒的事實。」

「意思就是目擊者的證詞未被採用，是嗎？」

「當天雨勢強大導致視野不佳，加上目擊者還是個孩子，內心極度慌張，所以最後被認定是目擊者因情緒混亂而誤解事實。」

「後來做出什麼樣的事故處分呢？」

丸山吞吞吐吐地回答：

「事故原因是少年硬闖紅燈，駕駛獲判不起訴處分。」

旁聽席上傳來說著「難以置信」的低語聲。

佐方開口詢問：

「請告訴我們那位駕駛的姓名。」

丸山抬起頭，先看了佐方一眼，再看向被告席說：

「島津邦明。」

真生摀住了嘴巴。

法庭裡騷動不已。寺元喊了兩次「安靜」後，介入佐方和丸山的對話說：

「意思是被告人島津就是因為交通事故而導致高瀨夫婦的兒子身亡的駕駛，是嗎？」

寺元的聲音變得尖銳。

丸山看向寺元回答：

「是。」

法庭裡再次掀起一片騷動。現場沒有任何人能夠保持冷靜。

島津目不轉睛地瞪著丸山。

佐方把手貼在應訊檯上說：

「當您得知被告獲得不起訴處分時，心裡怎麼想呢？」

法庭裡安靜了下來，所有人都在等待丸山的答案。丸山擠出聲音說：

「我心想果然是不起訴。」

「那是因為您本來就知道被告不會被起訴，是嗎？」

「是。」

「為什麼呢？」

丸山回答的速度變得越來越慢，他一字一字地慢慢回答：

「因為是我那麼安排的。」

媒體席上的記者們，拚命地在筆記本上揮筆。

寺元露出嚴厲的表情詢問：

「事實因此被扭曲了，是嗎？」

丸山以斬釘截鐵的口吻回答：

「沒錯。」

島津突然站起身子，站在兩旁的警官嚇一跳地壓住島津。警官試圖讓島津坐回椅子上，但島津不肯坐下。島津僵住全身，站著凝視丸山。島津的表情之凶狠，讓人感受得到島津若是取得審判長的發言許可，肯定會使出全身力量大聲怒罵佐方和丸山。

警官使出蠻力硬是讓島津坐回椅子上。被猛力壓回椅子後，島津呼出紊亂的氣息，拿起手帕摀住嘴巴。真生猜想島津想必是屬於情緒太激動時，就會害得自己身體不適的那種體質。過去真生在公審時也看過幾次相同的光景。

寺元以強勢的語調警告島津說：

「被告請保持安靜。如果繼續做出擾亂行為，將會多一條妨害法庭秩序罪。」

聽到寺元的話語後，島津總算安靜了下來。不過，島津依舊一臉凶狠的表情，他以帶有恨意的眼神瞪著佐方和丸山。

佐方見島津乖乖服從後，開口說：

「辯方繼續進行證人詰問。那麼，丸山先生，可以請您詳細說明七年前的事故真相如何被扭曲嗎？」

丸山露出回想過去的眼神，注視著前方。

「發生事故那天，我正好值夜班，所以立刻直奔現場。我看到警車和救護車停在路上，還有一大堆湊熱鬧的民眾。事故現場有一輛扭曲不成形的腳踏車，看到那輛腳踏車時，我心想騎腳踏車的人肯定沒救了。腳踏車的損傷狀況實在是太嚴重了，嚴重到讓人可以輕易想像車子撞上腳踏車時的速度有多快。」

丸山停頓了下來。佐方以沉默表示催促。

丸山緩緩繼續說：

「照負責現場驗證的警官所說，被害人是一名從補習班要回家的少年，加害人是當地的建設公司董事長。除此之外，加害人還有另一個身分。」

「什麼身分呢？」

所有人都豎耳聆聽丸山的回答。

「公安委員長。」

寺元重覆一遍丸山的回答：

「公安委員長。」

丸山點了點頭。

「得知這個事實的當下，我的腦海裡自動浮出隔天的早報頭條標題——『現任公安委員長酒駕釀成死亡車禍』。站在應該監督警察立場的人不僅酒駕，還導致少年身故。我心想這下子事態嚴重了。」

「然而，實際上並沒有上報。」

佐方接續話題說道。

丸山沒有回應佐方，繼續說：

「回到警署後，我立刻打電話給當時的上司交通二課警部補，警部補當時在自己家裡。我對警部補說新聞記者很快就會發現，要盡快安排記者會來應付媒體比較好。」

「您的上司怎麼回答呢？」

「警部補一直沒說話，像是在沉思什麼，但過了一會兒後，便告訴我絕對不能讓消息外漏，先這樣等待命令。於是我照著指示，再三叮嚀負責現場驗證的警官絕對不能讓消息外漏，然後乖乖等待聯絡。過了兩個小時後，我才接到電話。」

「您聽到什麼樣的內容呢？」

丸山吞吞吐吐一陣後，才回答：

「警部補告訴我事故原因是少年硬闖紅燈所造成。」

「您聽到之後，心裡怎麼想呢？」

「我簡直是啞口無言。」

佐方在背後交叉起雙手，讓視線落在腳邊。

「事實上是酒駕嗎？」

丸山沉默一會兒後，開口說：

「掛斷電話後，我去找過理應正在接受偵訊的島津。可是，島津不在偵訊室裡。」

「他在哪裡呢？」

「醫務室，他躺在床上。」

「他因為事故受傷了嗎？」

丸山搖搖頭說：

「就我當時看到的，他身上沒有任何受傷處。他之所以躺在床上，是因為喝醉到連好好走路都有困難。」

「也就是說，被告島津他……」

佐方接續話題說道。丸山點點頭說：

「島津喝過酒，他醉醺醺地一直對我說同樣的話。他說：『你確定你們可以這樣對待我嗎？我一路來幫助你們的恩情，你們全忘光了嗎？』」

寺元移動視線看向島津。

「當時沒有做呼氣檢測嗎？」

佐方問道。

「就算檢測出含有酒精，如果沒有把檢測結果寫在要交給檢察署的紀錄上，也不會構成酒駕事實。」
「也就是說，儘管檢測出含有酒精，卻還是隱瞞了事實嗎？」
丸山露出痛苦的表情閉上眼睛後，用著就快聽不見的微弱聲音回答：
「是，我重新製作過筆錄。」
法庭裡一片騷動。
「針對媒體方面，當時是怎麼應對的呢？」
佐方讓自己的聲音蓋過旁聽人的聲音說道。法庭再次安靜下來。佐方繼續發問：
「如果被害人只是受了輕傷，沒有生命危險，隔天的報紙或許會因為版面編排等原因而沒有報導相關消息，或是就算報導了，也只會寫出加害人的地址和職稱，不會刊登本名。不過，如果是導致一名孩童失去性命的交通事故，報紙不可能沒有刊登加害人的姓名。然而，被告人島津的名字並沒有被刊登出來。我猜想這當中應該也有丸山先生才知道的理由吧？」
四周的人們都屏住呼吸等待著丸山回答。丸山原本一臉隨時有可能暈厥過去的表情，這時化為受到致命性一擊的表情。丸山深深呼出一口氣說：
「通電話時，我在最後詢問過該如何應對新聞記者和媒體才好。警部補一副『你連這種事情都不知道該怎麼處理嗎？』的態度發出咋舌聲後，對我說這場事故是少年闖紅燈的過失所造成，駕駛並非加害人，最後就這麼掛斷了電話。」

佐方抬起頭，露出看向遠方的眼神說：

「如果是行人與車輛相撞而導致行人身故的事故，過失百分之百都在於車輛一方。不過，這場事故是汽車與腳踏車相撞。不僅如此，只要認定過失在於腳踏車一方，就無法斷定汽車駕駛即是加害人。既然無法斷定，就有可能不公開駕駛，也就是被告島津的名字，是這個意思嗎？」

佐方用像在發問，也像是搞懂是怎麼回事的口吻低喃道。

丸山以沉默表示認同。

寺元的聲音打破法庭裡的沉默氣氛。

「你當時應該知道這是犯罪行為吧？身為應守法者卻做出違法行為。你明知這是多麼重大的罪行，為何還會做出那種事？」

丸山加重交握在身體前方的雙手力道說：

「為了守護家人。」

丸山猛地抬起頭繼續說：

「當時，我年邁的母親還在世上。我的母親從以前就罹患失智症，她的病情越來越嚴重，甚至開始會在路上迷失徘徊。我也和太太討論過是否要安排母親住進當地的老人養護中心，但我們根本沒有那麼多錢。當然了，我們也有領到扶養家屬補助和看護補助。不過，就算把那些補助金全拿出來，也頂多只夠支付養護中心的一半費用。我太太當時也有打工，但便當店的打工收入再高也高不到哪裡去。不僅如此，我太太因為打工和看護蠟燭兩頭燒，經常身體不舒服而請假，所以她的收入根本幫不上什麼忙。當時我的兩個孩子正值發育期，接下來的教育費也會越來越高。家裡的房貸也還沒有繳清。」

丸山凝視前方的雙眼泛起了淚光。

「我如果違背上頭的命令，不用想也知道一定會被降職。到時候不僅薪水會變少，也必須調動到其他地方工作。當時孩子們正值青春期的年紀，我不想讓孩子在情緒不穩定的時期轉學。對我太太來說也一樣，如果要她在陌生地區和必須費心照顧的母親一起生活，身心兩面的負擔都太重了。我心想如果那麼做，真的會害得我太太弄壞身子。可是，以我們家當時的經濟狀況，根本承擔不起分開兩地生活的支出。警部補看我一直沉默不說話，便對我說：『你只要重新寫過筆錄，我不會虧待你的。』」

丸山緊緊閉上眼睛，無力地垂下頭。

「如果選擇守法，就無法守護家人。比起法律，對我來說家人更重要。當時的我只有一條路可以走。」

法庭裡一片鴉雀無聲，沒有人開口說話。佐方以沉重的聲音打破寂靜：

「被告因為您重新製作過筆錄，而得到不起訴處分。」

想必是說不出話來吧，丸山沉默不語。

佐方以嚴厲的口吻逼問丸山說：

「警方結成一夥，掩蓋了公安委員長的酒駕致死事故，是這樣沒錯吧？」

丸山以顫抖的聲音坦承說：

「沒錯。」

佐方繼續逼問丸山說：

「對於死去的少年以及其父母高瀨夫婦，您沒有心生罪惡感嗎？」

「當然有。尤其是少年的父親來到警局的那天晚上，我徹夜難眠。」

佐方反覆說了一遍「少年父親」後，繼續說：

「您曾經見過高瀨先生？」

「是。」

丸山答道。

「少年的父親得知事故加害人的不起訴處分後，來警局詢問原因。當時我正在自己的座位上工作，因為聽見樓下有吵鬧聲，於是詢問在走廊上的同事發生什麼事。同事告訴我是一個因為交通事故失去兒子的父親不服氣對方得到不起訴處分，正在服務台吵著要見負責事故的警員。聽到同事的回答後，直覺告訴我一定是被扭曲事實的那場交通事故的遺屬。」

「後來您怎麼做呢？」

「我心想如果我不出面，肯定無法化解場面，所以準備走去服務台。結果，當時的課長阻止了我。課長對我說：『你不要去見了對方結果把場面鬧得更大，保持沉默把對方趕走就好。』」

「可是，您去見了少年的父親。」

丸山點點頭說：
「我無法克制自己不去見少年父親一面，我心想不能不去面對自己犯下的罪過。」
佐方繼續詢問：
「高瀨先生當時的狀況如何？」
「他在服務台大吼著無法接受不起訴的事實。」
「您當時怎麼做呢？」
「我心想如果再這樣下去，少年父親會被關進拘留所，就先想辦法把他趕出警局。」
「看見高瀨先生在服務台控訴要見負責事故的警員，您心裡怎麼想呢？」
丸山陷入了沉默。經過一段漫長的沉默時間後，丸山只簡短回答一句：
「很難受。」
法庭裡一片鴉雀無聲。
一名女子打破了寂靜。
「為什麼您到了現在會願意說出來呢？」
裁判員之一的女子問道。女裁判員年約四十歲上下，臉上掛著說不上是憤怒，也說不上是悲傷的複雜表情。雖然女裁判員是在未取得許可下例外發問，但寺元默認了例外。
丸山低著頭好一會兒後，一副豁出去的模樣仰望天花板說：
「大約在距離現在兩個月前，佐方律師第一次來到我家。一見到我，他劈頭就說希望我出庭作證，並說出七年前發生的交通死亡事故真相。我嚇了一大跳。我很納悶他怎麼知道只有少數人士知道的事實，同時也對他感到恐懼。」

佐方保持沉默地聆聽著。丸山再次低下頭，閉起眼睛。

「我早已在心中封印起七年前的事故，我也早已下定決心一輩子都不會告訴任何人這件事，打算把真相帶進墳墓裡。我想不通為什麼到了現在，佐方律師會突然提起這件事。最初我以為他是在套我話。不過，聽了他說的話之後，我知道不是那麼回事。我發現佐方律師是確實掌握到事故的真相。他說明了這次事件的來龍去脈，並且告訴我必須有我的證詞，才能夠公正審判這次的事件。但是，我持續表示拒絕。我很害怕要坦承自己的罪行，同時，我也覺得島津理所當然必須接受制裁。島津七年前就已做出犯罪行為，不論是以什麼樣的形式，他都是必須接受制裁的罪人。」

丸山顯得疲憊地喘了口氣。佐方詢問丸山需不需要休息一下，但丸山搖搖頭繼續說：

「即便我持續表示拒絕，佐方律師還是一直來找我。他每週一次，有時甚至每週兩次跑來找我，逼著我出庭作證。我還曾經因為他糾纏不休的態度，在玄關破口大罵過。即便如此，他還是一直來找我。我心想只要不理他，他早晚會死心，所以也曾經故意不露面。儘管如此，他還是不死心地一直跑來。不過，我心想這一切只要等到審判結束就會沒事。等到審判結束後，佐方律師就沒有理由再來找我，七年前的事故也不會被舊事重提。我告訴自己只要忍耐到審判結束就好。」

方才詢問丸山為何事到如今會願意說出真相的女裁判員，在椅上子動了一下。丸山遲遲沒有針對問題回答，似乎讓女裁判員感到不耐煩。

或許是識破女裁判員的內心想法，丸山改變話題方向說：

「然而，即使到了公審首日，佐方律師還是跑來找我。還有，他昨天也來找過我。」

真生感到訝異地看向佐方。說到昨天，真生還在停車場遇到了佐方和小坂。真生暗自想：

「難道在那之後，佐方還去了丸山的住處？」

丸山繼續說：

「連我這個一直不理會佐方律師、持續表示拒絕的人，也有種被打敗了的感覺。不過，在那同時，我也被佐方律師的執著態度給嚇到了。到了判決的前一天仍不肯放棄地跑來找我，這樣的拚命態度讓我內心開始動搖起來。不過，在那時候，我還是沒打算答應出庭作證。我當時的想法純粹是反正今晚也會是最後一次要見到他，就露個臉好了。」

「可是，您今天還是來了。」

佐方從旁插嘴說道，丸山點點頭做出回應。

「看見佐方律師站在玄關的身影，我告訴他說：『我很佩服你如此不惜辛勞地跑來找我，但我還是沒有改變想法，你就死心吧！』可是，佐方律師沒有死心離開。他表現得比平常更加纏人。想一想也是，畢竟這是最後的機會，他怎能不拚命？昨晚交談的時間拉得比平常還要久，我也漸漸不耐煩了起來。佐方律師對我說：『如果你不出庭作證，將會變成一場錯誤的審判。』我聽了之後，忍不住對著他大吼：『罪犯理所當然要受到制裁！』話一說出口，我就心想：『糟了！』

畢竟我說出這句話等於是在承認島津是七年前那場事故的加害人，而我掩蓋了他的罪行。」

可能是情緒變得激昂，丸山逐漸加快說話的速度。丸山從懷裡掏出手帕，擦拭嘴角的口水。

「當下，我以為佐方律師鐵定會抓住這點不放。我以為他會展開攻擊說：『你果然是謊話連篇！事到如今，你就別再掙扎了！』我害怕得準備關上玄關門，結果他不知道在沉思什麼，低著頭說：『你說的一點也沒錯，犯罪者理應接受制裁。』然後，他直直看著我的眼睛說：『還有，犯罪者也必須說出事實。』」

說到這裡時，丸山稍作了停頓。

「佐方律師說了這麼一段話：『任何人都會犯錯。不過，一次算是犯錯，兩次就不同了。如果第二次再犯錯，就代表是那個人的生存態度。』他對我說：『如果是現在，你還能夠篤定地說七年前的事故是自己唯一犯過的錯。不過，如果你選擇逃避這場審判，就不再是犯錯。你會變成純粹的犯罪者。』」

丸山一副羞於見人的模樣低下頭。

「把佐方律師趕出玄關後，我大門一鎖就衝進臥室拿棉被蓋住整個身體。如果第二次再犯錯，就代表是那個人的生存方式，你會變成純粹的犯罪者。佐方律師說的這些話，在我的腦海裡盤旋不去。」

丸山緩緩抬起頭後，轉身看向後方的旁聽席。丸山的眼眶微微泛紅。

旁聽席的最後一排座位上，坐著兩名青年。兩名青年咬緊牙根，臉上的表情像在拚命忍耐著什麼。一名看似母親的女子低著頭坐在兩名青年的身旁，女子時而拿起手帕按壓眼頭。丸山依序望過三人一遍後，咬住下嘴唇轉身恢復原本的姿勢。

「我有兩個孩子。現在兩個孩子都已經長大成人，但他們還小的時候，每次在逮捕到凶手的那一天，我回到家一定會跟兩個孩子說同樣的話。也就是昨天佐方律師對我說的那些話。我會告訴兩個孩子說：『任何人都會犯錯，重要的是犯錯後會怎麼做。讓自己不再犯錯才最重要。』」

丸山拿起手帕粗魯地擦了擦臉。不過，丸山並非流了滿頭大汗。

「我當警察當了將近四十年，也在去年退休了。」

丸山收起手帕，挺直身子說：

「對於警察工作，我抱著引以為傲的心情一路走過來。對我來說，那場交通事故是唯一的汙點，也是恥辱。那是即便把它封印在內心深處，還是想忘也忘不了的過錯。我發覺到如果此刻沒有站上應訊檯坦承當時的過錯，我的警官生涯將會變成一切都是虛偽的，而我的人生也會是虛偽的。」

丸山流露出帶著歉意的目光，看向旁聽席上的光治。

「長年處理事件下來，有時會遇到犯罪的連鎖效應，也就是犯罪中又延伸出犯罪事件。這次的事件就是一個例子。延伸出第二犯罪的原因在於我。」

丸山直直看向前方，放大嗓門說：

「我曾經是個警官，我的立場應該要比任何人都更加守法。不論發生什麼事，我都應該堅守事實到底。如果當初我能夠貫徹正義到底，就不會發生這次的事件。我……」

丸山說不出話來。他朝向法官席深深低下頭。

「我必須接受制裁。」

寂靜氣氛籠罩著整間法庭。

「證人的證詞……」

真生忽然站了起來，所有人的目光集中到真生的身上，真生的聲音顫抖。面對在最後局面忽然冒出來，並且有可能顛覆一路來的進展方向的證詞，真生感到憤怒與焦躁。

真生嚥下口水，讓口水滑過乾渴的喉嚨。

「證人的證詞雖然相當令人好奇，但與本案無關。」

真生的沙啞聲音沒有在法庭裡迴盪，很快便消失散去。

寺元發出指示要求真生克制發言，並勸告丸山坐下來。

法庭裡一片困惑和激昂的情緒。

17

丸山在法庭角落的座椅坐下來後，佐方站到應訊檯的前方。佐方先看向法官席，再看向旁聽席，最後讓視線停留在寺元身上。

佐方說明起一路走到這一步的經過。真生聚精會神地聆聽佐方的發言。

「受到被告委託而著手調查本案後，我心裡浮現一個疑問。為什麼被告會徹底主張自己無罪？不論是物證、環境證據，幾乎都對被告不利。一切證據皆指向凶手即是被告。然而，方才進行被告詰問時各位也聽到了，被告控訴著自己的清白。」

佐方望著旁聽席上的人們。

「我想要問一問在場各位的看法。如果您是凶手，當您看見有那麼多對自己不利的證據，還會主張自己無罪嗎？」

佐方突如其來的發問，似乎讓旁聽人感到困惑。有人在胸前交叉起雙手陷入思考，也有人露出嚴肅的表情等待著佐方接下來的話語。

「就我一路來的經驗，在證據如此齊全的狀況下，如果被告人真是凶手，就不會控訴自己無罪。一般大多會朝向正當防衛或非計畫性地突發犯行的方向，主張自己並無殺意。凶手根本不會提出毫無勝算的無罪主張，而是會思考該用什麼方法可以讓自己多少獲得減刑。可是，被告卻主張自己無罪。我的直覺告訴我被告並非凶手。」

島津順從地聽著佐方的辯護。

「這時，我心中浮現另一個疑問，也就是動機。本案所認定的動機是一對外遇關係的男女因感情糾葛而引起殺意。的確，因男女之間的妒忌或恨意而釀成殺傷事件的案例不勝枚舉。不過，這些案例大多是在長期交往中引發感情糾葛，最後隨著事態發展演變成發生殺害事件的結果。本案的被告和受害者相識不到幾個月的時間。明明如此，卻認定動機在於男女感情糾葛的見解實在過於武斷。」

真生狠狠瞪著佐方看。的確，島津與美津子結識後到殺害的時間很短。不過，並非如此就表示不可能構成動機。交往時間的長短和關係深不深，並非一定成正比。

佐方在法官席前方緩緩走著。

「那麼，釀成本案的動機會是什麼呢？我調查了被告和受害人是在什麼樣的契機下結識的。向兩人的周遭人士打聽後的結果，發現是因為被害人開始到被告所經營的陶藝教室上課。」

原本一直低著頭的佐方停下腳步，抬起頭看向旁聽席。

「在這裡，我想再問一問在場各位的看法。請問各位想要開始學某種才藝時，會怎麼決定要去哪裡上課呢？」

佐方一副等待有人回答的模樣，視線掃過旁聽席。

「當起了念頭想要學習某種才藝時，一般都會做一定程度的事前調查才對。想必也會上網查看，或是詢問朋友的評價。不過，大多數的人應該都會實際走訪幾家教室，去確認一下講師的人品或教室氛圍。大部分教室都會提供免費體驗課程的服務。一般人應該都會申請免費試上，看一看是否適合自己才對。至少我就會這麼做。」

幾名旁聽人點點頭表示認同。

佐方看向法官席說：

「然而，我並未調查到被害人到處走訪過其他陶藝教室的事實。我拿著被害人的相片，踏遍每一家位在市內和近郊的陶藝教室，結果沒有找到任何一家被害人走訪過的陶藝教室。不僅如此，被害人沒有申請免費試上陶藝課，而是在第一次去到陶藝教室的那天，即報名參加陶藝課程。這樣的舉動不得不讓人懷疑被害人打從一開始，就決定要在被告身為代表人的陶藝教室上課。被害人決定到陶藝教室上課的目的不是為了學習陶藝，而是為了與被告見面。然而……」

佐方再次踏起步伐。

「被害人沒能夠見到被告。陶藝教室剛設立時，被告相當投入於講師的工作，但到了被害人報名上課的那時期，被告已經失去剛開課時的熱忱，也不再特地前去教室授課。那時變成是其他人以代理講師身分在授課。這時，被害人採取了某行動。」

法庭裡一陣緊張氣氛。

「被害人第一次去到陶藝教室時，這麼詢問過辦公人員：『我看了島津老師放在官網上的作品後深深被吸引，才會來報名這裡的陶藝課。我很希望可以有機會見到島津老師一面。請問要怎麼做才有機會見到島津老師呢？』辦公人員告訴被害人，半個月後被告將舉辦個展的消息。被害人去了個展，也和島津見了面。當時前去欣賞個展的被告友人目擊到兩人見面的畫面，所以這點沒有可疑之處。被害人極力稱讚被告的作品，並懇求被告到教室教她陶藝。被告看見一個女人坦率表現出被其作品深深感動的態度，內心想必雀躍萬分。從隔週後，被告便開始每週必到陶藝教室露臉。」

「不好意思，可以打個岔嗎？」

一名男子的聲音打斷佐方的話語。佐方停下了腳步。法庭裡的每一雙眼睛一齊看向聲音的主人。開口說話的是一名坐在裁判員席上的男子。從外表看起來，男裁判員年約二十五多歲，身穿白色襯衫，打著藍色領帶。

審判長寺元做出發言許可。男裁判員輕輕點頭致意後，問佐方說：

「方才辯護人表示被害人到陶藝教室上課的目的不是為了學習陶藝，而是為了與被告見面，但聽到剛才的發言，也可以解讀成被害人是真的被被告的作品所感動，才會想要拜師求藝。這部分並無可質疑之處。」

坐在男裁判員隔壁的女裁判員臉上，浮現彷彿在說「言之有理」的表情。佐方不為所動地回答男裁判員的問題：

「說到被告的才華……」

佐方停頓下來，讓視線移向被告席。

「就算要說體面話，也難以啟口說是才華出眾。根據相關人士的說法，被告的陶藝功夫純屬玩票性質，其作品並非能夠感動他人的巨作。陶藝教室之所以能持續經營，也是因為請了優秀的代理講師。」

聽到侮辱自己的話語，島津的臉色逐漸泛紅。島津的表情顯示出若非他不被允許發言，他一定會大喊一句：「我反對！」佐方沒有理會島津的憤慨情緒，繼續說：

「倘若被害人是真的迷戀上被告的才華，那就讓人更加納悶了。」

男裁判員歪著頭，一副彷彿在說「此話怎說？」的模樣。

「假設現在是我想要請被告教我陶藝，那麼在報名之前，我應該會先確認是不是只要來教室上課，就可以上到被告的陶藝課。可是，被害人並沒有確認這點。為什麼呢？因為被害人根本沒有想要請被告教她陶藝的意思。被害人是另有目的，才會接近被告。」

男裁判員瞪大著眼睛。

「被害人因為某目的而一直在尋找可接近島津的方法。尋找過程中，被害人得知島津開了一家陶藝教室。我想應該是從網路上，或某人口中得知的吧。誰知道報名上課後，才得知被告已經沒有在教室授課。不過，被害人沒有死心。被害人從辦公人員口中打聽出個展消息後，前往展場成功與被告接觸。」

男裁判員表示認同點點頭說：

「被害人如此千方百計也要接近被告人的原因是什麼？」

佐方再次踏起步伐。

「我調查過被害人和被告的經歷，包括兩人的故鄉、母校、工作履歷、友人關係。原因是我覺得這麼做，應該可以查出雙方的交集點。然而，不論在哪一方面，都沒有找到雙方有任何交集。不過，調查過程中，我發現了一件令人好奇的事情。」

坐在左陪席上的長岡法官，微微往前探出身子。

「以前被告曾經擔任過縣府的公安委員長，但上任第一年就辭去職務。這點讓我覺得納悶不已。照理說，公安委員是三年為一任。被告為什麼會在任期途中辭去職務呢？」

佐方停下腳步。

「我問過被告原因，被告是這麼回答我的。他說因為自己經營的公司業務繁忙，所以沒辦法繼續兼任公安委員長。」

佐方看向被告席。

「我失望極了。我心想難道被告以為可以靠這麼容易被識破的謊言瞞過去嗎？被告把面子和身分地位看得比什麼都重要，哪可能因為那樣的理由就捨棄公安委員長的身分。」

一個站在替被告辯護立場的人，卻做出對被告不利的發言。面對這般史無前例的事態，法庭掀起一片騷動。

此刻，島津看著佐方的眼神已像是看著敵人。他的眼裡發出帶有暴力意味的目光。佐方沒有理會島津的目光，望著旁聽席說：

「我心想這樣的人會辭去公安委員長一職，想必有相當重大的原因。為了查出真正原因，我去拜訪了與被告在同時期隸屬於公安委員會的一些人。然而，這些人個個含糊其辭，沒有說出明確的原因。殊不知他們是不是也有什麼不可告人的隱情？這話題就姑且先擱在一旁吧。」

佐方又開始走起路來。

「看破不可能從內部打聽到消息後，我找了其他途徑。我重新查看過所有資料，結果發現被害人和被告之間有一個相符之處。」
法庭裡的人們倒抽了一口氣。
「相符之處，就是七年前的事故。」
「七年前的事故。」
真生不由得低喃道。
「被告人在七年前辭去公安委員長的職務，而被害人的獨生子正是在那一年因事故身亡。當時我立刻跑了一趟米崎市，去到當地的圖書館。我查看圖書館保存的當地報紙，想要找出那時期的交通事故報導，很快地就找到我要找的那篇報導。七年前的六月十七日，也就是發生事故的隔天，當地新聞版面刊登了那篇報導。這就是那篇新聞報導的影本。」
佐方回到辯護席，高高舉起擺在桌上的一張紙。
真生從椅子上抬高身子，想看清楚報導內容。旁聽席上的人們也都做出和真生一樣的舉動。
佐方放下報紙的影本，拿在手上念出報導內容：
「這上面寫著事故身亡的少年名為高瀨卓，今年十歲，為居住於三森市岡崎町的高瀨光治先生之長子。高瀨卓於六月十六日晚間十時左右，在從補習班回家的路上與轎車相撞，全身遭受嚴重撞擊導致內臟損傷致死。報導內容只寫出是一名建設公司董事長撞死高瀨卓小朋友，並未寫出對方姓名。」
佐方抬起頭，放大嗓門說：

「相信各位方才聽到丸山先生的證詞時，都已經知道是怎麼回事，這場事故的加害人就是本案的被告人，也就是當時擔任公安委員長的被告人島津。」

各方媒體在筆記本上拚命地抄寫。那些媒體人的腦海裡想必已經浮現明天的早報和新聞的標題。佐方恢復原本的口吻，繼續進行辯護：

「我是在完成審前整理程序後正好過了一個月左右時，發現這個相符之處。我立刻調查了被告島津在這場事故受到什麼樣的處分。根據地檢署的紀錄，被告島津因嫌疑不足而獲判不起訴。對於這是一個錯誤處分的事實，方才丸山先生已經提供了證詞。」

寺元插嘴說：

「就現階段來說，仍無法判斷丸山先生的證詞是否正確。」

佐方以冷淡的目光凝視寺元說：

「一般來說，被害人因交通事故而身負骨折程度以上的重傷時，當地報紙都會報導出雙方的姓名、年齡，甚至地址。然而，該報導不僅沒有寫出對方姓名，就連對方住在哪一區也沒有寫出來。從這點來看，明顯可知是縣警意圖性地掩蓋加害者的過失。」

審判長沒有再多說什麼。佐方繼續發言：

「高瀨夫婦得知被告人島津的不起訴處分後，難以接受此事而上街頭尋找目擊者。高瀨光治先生甚至親赴警局提出抗議，也因此在警局見到了丸山先生。」

丸山坐在旁聽席的最旁邊座位上，一直低著頭。他像在禱告似地在膝蓋上交握雙手，動也沒動一下。佐方再次高舉報導出七年前事故的報紙。

「高瀨夫婦相信兒子的清白，對被告人懷有恨意。本案的動機在於高瀨夫婦的報仇。」

一名坐在法官席最左邊座位上的裁判員舉高手。裁判員看起來還很年輕，稱得上是青年。寺元做出發言許可後，青年一副戰戰兢兢的模樣，用不仔細聆聽就聽不到的微弱聲音發問。

「可是，這次是高瀨太太遭到殺害。企圖報仇的人卻成為被害人，這樣不會太奇怪了嗎？還是說，是高瀨太太拿出刀子與被告扭打起來時，被告誤殺了高瀨太太？如果是這樣，不就表示得以構成被告是正當防衛的事實？」

青年的口吻像在發問，也像在發表意見。佐方直直注視著青年說：

「不是只有奪走對方的性命，才稱得上報仇。」

青年一臉感到訝異的表情。佐方反過來詢問青年說：

「本案的凶器是刀子，也就是會在飯店裡使用的餐刀。針對這點，你不覺得有哪裡不對勁嗎？」

青年一副越聽越糊塗的慌張模樣，佐方將視線拉回法庭。

「本案的凶器讓我心生疑問。請各位思考一下。假設您是位女性，當您試圖殺害對方時，會使用刀子嗎？很明顯地，男性的力氣大於女性。持刀相向時，很可能會被對方硬是搶走刀子。運氣好一點的話，或許有可能讓對方受傷，但恐怕很難讓對方身負致命傷吧。如果是我，就不會選擇成功機率這麼低的方法。我會思考殺害機率更高的方法。」

「有可能是什麼方法呢？」

青年再次發問。青年看起來顯得懦弱，但或許意外有膽量也說不定。再不然，也可能純粹是好奇心旺盛。

佐方一副自信滿滿的模樣，看向青年說：

「丈夫是醫生的狀況下，如果是我，我會使用毒藥。」

青年一臉說不出話來的表情。

「有些毒藥只要在紅酒裡滴下一滴，就能讓對方斃命。一個醫生想必不須花費太多心力就能取得毒藥。那麼，為什麼被害人沒有使用能確實殺死對方的毒藥呢？那是因為被害人一開始就沒打算殺害被告。被害人的真正目的是把被告約到飯店，進而留下在相同房間共處過的痕跡。被害人只是想要構成兩人一起待在現場過的事實。」

「為什麼要那麼做？」

坐在青年隔壁的女裁判員低喃道。女裁判員應該不是在發問，而只是不由得脫口而出。不過，佐方刻意接下女裁判員的話題說：

「那麼，為什麼要那麼做呢？」

佐方沉默了一會兒後，語調平靜地說：

「因為被害人想要殺死自己，進而陷害被告成為凶手。」

法庭裡揚起驚訝聲。佐方抬起頭，態度堅決地說：

「被告並沒有殺害被害人，被害人是自己走上絕路。」
村田法官原本一直保持沉默在右陪席上旁聽著，這時用內心有所動搖的口吻詢問佐方：
「辯護人的意思是被害人拿刀刺自己的心臟嗎？」
「沒錯。」
佐方答道。寺元從旁插嘴說：
「可是，已經鑑定出明顯是他人所造成的傷口。」
佐方看向寺元說：
「容我再提醒一遍，被害人的丈夫是個醫生。醫生會知道從哪個角度刺下去，看起來會像是他人造成的傷口。」
「針對指紋和飛濺的鮮血，要怎麼解讀呢？」
村田再次發問。
「請您回想一下昨天進行的法醫證人詰問內容。」
聽到佐方的發言後，真生有所驚覺。真生回想著沾上指紋的順序、沾在浴袍上的血跡狀態，以及被害人左手臂上的自衛創傷。
佐方重現西脇法醫的證詞說：
「附著在浴袍上的血跡呈現斑紋狀。至於指紋附著的順序，最底層是飯店相關人士的指紋，其上是被告的指紋，最上層則是被害人的指紋。另外，被害人的左手臂上有被視為自衛創傷的傷口。一般來說，飛濺鮮血會以飛沫狀態附著在物品上，不僅如此，被害人是被刀子刺中心臟而死。假設被告是在穿著浴袍的狀態下持刀刺中被害人的心臟，血跡不會是呈現斑紋狀，而應該呈現飛沫狀附著在浴袍上才對。那麼，為什麼會是斑紋狀呢？那是因為被害人將左手臂上的假自衛創傷的血液，附著在留有被告人體液的浴袍上。」

佐方逐漸加重語氣。

「從被提出作為證據的浴袍相片看來，血跡分布的範圍廣大。這應該是因為被害人為了讓血跡看起來像是飛沫血液，而甩動受傷的手臂。然而，動脈或內臟受到損傷時會有的飛濺出血狀況，和只是皮膚表面受傷而流血的出血狀況會留下不一樣的血跡。這部分只要仔細調查就會知道。」

只要仔細調查就會知道。佐方說的這句話，如利針般刺進真生的胸口。

坐在左陪席上的長岡改變問題說：

「有證詞表示被告和被害人之間有親密關係，這部分辯護人怎麼解讀呢？」

佐方看向長岡說：

「確實有這樣的證詞沒錯。不過，那些證詞都是證人根據被害人所說的內容而有的證詞。不論是陶藝教室的學生證詞，或是被害人鄰居的證詞，全是被害人所說的內容，被告方面並沒有人提及有親密關係的事實。」

「有人目擊到兩人互動親密地一起喝酒。」

長岡沒有讓步，佐方看著長岡的眼神變得強而有力。

「確實有這樣的目擊證詞，不過，光是如此並無法斷言兩人有肉體關係。在陶藝教室的互動狀況也是如此。不能說因為看起來互動親密，就直接和男女關係畫上等號。事實上，被告也否認與被害者有男女關係。」

長岡沒有再多說什麼。

佐方在法官席的前方緩緩走動。

「根據成為本案現場的格蘭維斯塔飯店設置在走廊上的監視器畫面，已經證實在發生事件的去年十二月十九日、推測遇害時間的二十點鐘到二十二點鐘之間，只有兩人進出過案發現場的一二〇七號房。也就是本案的被害人高瀨高津子女士以及被告。然而，被告並未殺害美津子女士。那麼，凶手會是誰呢？答案很簡單。兩人當中剩下的另一位就是殺害被害人的凶手。」

佐方停下腳步。

「凶手是美津子女士本人。」

法庭裡一片鴉雀無聲，沒有人開口說話。

寺元打破沉默。他以一句「那麼」為開場白，為佐方針對本案的推論做起整理：

「也就是說，被害人的丈夫高瀨光治先生為了向奪走兒子性命的對方報仇，而輔助妻子自殺，是嗎？」

佐方挑選著字眼，謹慎回答：

「可以說是，也可以說不是。」

「此話怎說？」

寺元感到意外地瞪大著眼睛。

佐方回到自己的座位上拿起某文件後，站到法官席的前方。

「這是美津子女士的病歷表影本，這份病歷表是美津子女士生前看診過的醫院所留下的。」

大家的目光集中到病歷表上。

「美津子女士只剩下半年的壽命。」

法庭裡一片騷動。佐方翻閱起手上的病歷表影本。

「本案的動機在於失去獨生子的恨意。一對失去兒子的父母為了向加害人報仇，而設下陷阱陷害對方。到這部分我都已經查明清楚。不過，有一點讓我感到納悶，為什麼不是在恨意最強烈的事故發生當初，而是在已經過了好幾年的現在才採取行動？」

佐方從病歷表上抬起視線。

「我拜訪過附近鄰居和被害人的朋友，向他們打聽在這次事件發生之前，高瀨夫婦有沒有什麼地方跟平常不一樣。結果從附近鄰居口中得知被害人的身體狀況不佳，會定期到大學附設醫院看診。我去了被害人定期看診的大學附設醫院，請求與被害人的主治醫師會面。被害人的主治醫師是村瀨洋二先生，村瀨醫師和被害人的丈夫高瀨光治先生是醫學院的同學。」

佐方邊回想邊緩緩繼續說：

「被帶到會面室後，我向村瀨先生說明來訪理由。另外，我也問了被害人的病況。不過，村瀨先生沒有回答我。村瀨先生表示那是個人資訊，所以沉默不語。我明白醫師不能洩漏病患的隱私。不過，別說是病名，村瀨先生甚至不肯透露美津子女士當時的狀況，口風未免也太緊了。村瀨先生的態度讓我察覺到美津子女士想必得了不能輕率說出口的疾病，美津子女士應該是得了重病，剩下的日子恐怕也不多了吧？我這麼詢問後，村瀨先生表情痛苦地閉上眼睛。」

佐方稍作停頓後，再次做起說明：

「我向村瀨先生施壓，告訴他被害人的病況有可能成為這次審判的重要證據，所以說什麼也需要相關資訊，並拜託村瀨先生告訴我實情。後來，村瀨先生總算願意鬆口。被害人的病名是胸腺癌，發現時已經轉移到腎臟，所以不能開刀治療。據說在接受診斷的那個時間點，被害人只剩下一年的壽命。要是當初強勢要求高瀨太太接受治療，或許高瀨太太就不會孤零零地死去。村瀨先生說他心裡一直這麼想，最後沮喪地垂下頭。村瀨先生原本之所以堅持不說出來，不單純只是因為關係到病患隱私，也有部分是因為責怪自己明知美津子女士的病情，卻什麼也做不了。對村瀨先生來說，哪怕只是開口提及美津子女士，也讓他覺得很痛苦。」

佐方發出「啪！」的一聲，闔上病歷表的影本，那聲音讓聽得入迷的真生回過神來。

「接下來的內容是我個人的推測。得知自己所剩日子不多後，被害人覺得再這樣下去會死不瞑目，一定要讓殺死自己兒子的罪人贖罪，現在正是報仇的好時機！於是，被害人向丈夫提議要報復被告人島津。那正是所謂賭上性命的報復行動。」

佐方轉身背對法官席，看向旁聽席。

「美津子女士打算讓害死她兒子的人，以正當的罪行，也就是殺人罪來贖罪。美津子女士的丈夫也接受了提議。兩人謹慎周到地計畫一切，並且執行了計畫。」

佐方朝旁聽席踏出步伐。

「接下本案的委託後，我詢問過被告在這次事件發生之前，是否與被害人有過交集。被告回答沒有。這也難怪，畢竟如果回答有，就必須說出七年前的事故。這麼一來，被告的罪行將會浮出檯面。被害人的計畫是在深知被告不能向任何人說出真話之下，而安排出來的周密計畫。就這樣，在去年十二月十九日，計畫被執行了。」

佐方在坐在旁聽席上的某人物面前停下腳步。

「方才我說過接下來的內容是我個人的推測。不過，事實上，我根本不覺得是推測。我覺得方才說的內容就是本案的真相。」

佐方直直注視著眼前那位坐在椅子上的人物。

「我說錯了嗎？高瀨先生。」

被喊了名字後，光治抬頭仰望站在眼前的男人。光治的臉色蒼白，抱在懷裡的遺照微微顫動著。直到方才還一直瞪著島津看的憎恨目光，如今轉移到佐方身上。

佐方以平靜的語調對光治說：

「懇請高瀨光治先生以本案的重要證人身分接受應訊。」

18

為了協議是否有必要讓光治出庭作證，審判宣布暫時休庭。

過了三十分鐘後，才重新開庭進行審判。檢方和辯方也加入其中的協議結果，決定讓光治出庭作證。原因是法官認為光治的證詞對本案相當重要，少了該證詞將難以審判本案。

「現在開始進行證人詰問，請證人站上應訊檯。」

在寺元的宣布下，法庭重新開庭。

光治從椅子上起身走向應訊檯。光治站上應訊檯後，佐方離開辯護席，站到光治旁邊。

「您的大名是高瀨光治，也是本案身故的高瀨美津子女士的丈夫，沒錯吧？」

佐方問道。光治一句話也沒說，以沉默表達認同之意。取得光治的默認後，佐方把雙手交叉在背後，視線落在地面。

「方才我在此說明了對本次事件的個人見解。現在希望由您親口說出事件的真相。本案是您的妻子美津子女士為了替因七年前的事故而身亡的兒子報仇，所安排的計畫。是這樣沒錯嗎？」

佐方看向光治。光治避開佐方的視線，以眼角餘光看向自己原本的座位。美津子就在椅子上。黑色相框裡的美津子臉上浮現溫柔的笑容，靜靜地守護著丈夫。

佐方再次發問：

「高瀨先生，請回答問題。美津子女士向您提議一起報復被告人島津，對吧？」

光治拉回視線，閉起了眼睛。

美津子的聲音在光治耳裡響起。那是美津子在第七年忌日的隔天，也就是光治在酒吧遇見島津的那天晚上所說的話。

——我要殺死自己。

得知自己來日不多和小卓的清白後，美津子如此斷言。戰鬥就從那一天展開。那是與島津的戰鬥，同時也是光治與自身的戰鬥。光治無時無刻不感到迷惘，他想要替小卓洗清冤屈，但這樣不就等於對美津子見死不救嗎？

看著美津子練習如何刺自己胸口的身影，光治感到格外痛苦。美津子每拿刀子刺自己的胸口一次，光治就會感到心痛不堪。每次光治難以承受目睹那畫面，而起身打算離開客廳，美津子就會強烈提出要求，要求光治仔細看她的動作是否可確實刺穿心臟。光治覺得自己簡直就像在接受拷問。

光治和美津子溝通過無數次，他不知道是否真的該執行這個計畫。美津子自始至終都沒有改變想法。美津子求光治讓她實現人生最後的願望。

在工作上，光治一路來面對過無數死亡場面，也看過好幾名癌症病患走向人生的盡頭。大多數病患都會任憑放射線照射身體、打點滴打到血管紅腫發炎、吃一大堆藥吃到引發胃潰瘍。病患會被折騰到骨瘦如柴，最後變得連排尿排便也只能躺在床上解決。

雖然人還活著，卻像個死人一樣等著死神前來迎接。光治反覆自問：「對美津子來說，這樣的死法稱得上幸福嗎？」光治心裡其實是明白的。他知道如果這時讓美津子困在床上，等於是一刀刺死美津子的心。即便軀殼還活著，美津子的心也會在住院的當下死去。

對已經下定決心要報復島津的美津子而言，活著的定義已不是指還有呼吸的時間長短。對美津子而言，活著的意義是思考如何讓自己死去。光治充分理解美津子的心情，如果光治是美津子，相信也會做一樣的事情。即便如此，光治還是不願意失去美津子。美津子將會死去，雖不確定會是在半年後，還是一年後，但光治終究會失去美津子。哪怕多一些些時間也好，光治只希望失去美津子的日子來得越遲越好。光治希望能和美津子多相處一分一秒。一個是身軀的死，另一個是心靈的死，光治被夾在兩者之間苦不堪言。

然而，在與美津子去了最後一趟兩人之旅後，光治心中的迷惘散去了。美津子躺在旅館的床墊上低喃說自己很幸福時的笑臉，至今仍深深烙印在光治的腦海裡。那是光治認識美津子以來，所見過的最幸福的笑容。看見那最幸福的笑臉，光治油然心生，他告訴自己：「我不是對美津子見死不救，而是在拯救美津子。世上只有我能夠拯救美津子。」

執行計畫的日子到來，冬日的天空一片蔚藍。

美津子一如往常起床做早餐，也做了家事。那天美津子打掃得特別仔細，美津子一一細心擦拭所有家具，就像在回味一路度過的時光。

到了傍晚後，美津子回到自己的房間。等到美津子再次出現在客廳時，已經做好一切打扮。

套上事先放在玄關的鞋子後，美津子環視了四周一遍。光治看不出當時美津子是抱著什麼樣的心情。不過，美津子注視昏暗家中的眼神，顯得意外地平靜。

杵在原地不動好一會兒後，美津子輕輕呼口氣，轉身面向光治點了點頭。那模樣彷彿在說：「我已經做好心理準備，心中沒有一絲懊悔。」光治點頭回應美津子後，打開玄關門。美津子踏出步伐。看著美津子在庭院的石頭路上走去的背影，光治想起了小卓。但願美津子離開人世時，小卓能陪伴在美津子的身邊。光治打從心底深切祈求著小卓能去到通往天堂的大門，迎接為了他不惜賭上性命復仇的母親。

美津子轉過頭看，她在等著光治。光治用手背擦去眼裡滲出的淚水後，鎖上玄關門。

光治緩緩張開眼睛後，看向佐方。佐方正注視著光治。

方才佐方請求光治接受應訊，看見佐方當時的眼神時，光治明白了眼前的男人早已識破一切。光治知道不論自己怎麼回答，佐方勢必都會讓真相水落石出。光治看透就算否認佐方的推論，也只會讓自己白費功夫。

只要在這裡點頭認同佐方的發言，一切就會畫下句點。然而，光治的答案已定。

光治再次閉上眼睛。

此刻光治的內心再平靜不過了，光治過去承受過的那些掙扎和折磨彷彿只是一場夢。站上應訊檯的此刻，光治心中既沒有不知執行計畫究竟是好或壞的迷惘，也沒有早知道應該阻止美津子才對的後悔心情。反而應該說，光治甚至感到自豪，他覺得自己與美津子的所為並非過錯，而是正義。

在闔起的眼皮裡，光治看見白色的物體，那是櫻花。那是光治和美津子去最後一趟旅行時，所看見的種植在旅館庭院裡的櫻花。

櫻花的花瓣在一片黑暗中飄舞著。越來越多花瓣飄然而落，不知不覺中覆蓋過整片黑暗。一片花瓣之中，出現了美津子的身影，美津子身上像是打了光一樣，明顯浮現在花瓣上。小卓也出現在美津子的身邊。兩人的臉上都帶著笑容。

美津子張開嘴巴。在那同時，光治的腦海裡響起美津子的聲音。

——我們是同志。

聽見令人懷念的聲音，光治不由得眼眶發熱。

光治在心中回答美津子。

——沒錯，我們是同志。我們是無人可取代、獨一無二的同志。不論發生什麼事，我都不會背叛妳。

「高瀨先生，請回答問題。」

隨著佐方的聲音傳來，櫻花像關了燈似地消失不見。

光治緩緩睜開眼睛，法官席上準備依法治罪的九雙眼睛出現在眼前。

「高瀨先生。」

佐方呼喊光治的名字，催促光治回答。

光治再次看向佐方。他對著眼前這個識破真相的男人，態度堅決地回答：

「完全沒有這回事。」

法庭裡安靜得彷彿空無一人。

19

經過十五分鐘的休息後，辯方開始進行最終辯論。

佐方從椅子上站起來，環視法庭一遍。光治在胸前捧著妻子的遺照，坐在旁聽席的座位上。光治的表情沉穩，看起來像是整個人放空，也像是感到心滿意足。

面對出乎預料的事態發展，每個人都難掩困惑情緒。坐在法官席上的九人臉上浮現困惑的表情，旁聽席上的人們則是顯得有些亢奮地觀望審判的進行。

在這之中，有人狠狠瞪著佐方看。其中一人是島津，另一人是真生。

真生似乎陷入一片混亂。她的眼神飄移不定，臉色有些差。真生的表情看起來就像明明勝利已近在眼前，卻因為半路殺出個程咬金而被掐住脖子動彈不得。島津似乎也和真生有著一樣的感受，他一副身體不適的模樣用手帕摀住嘴巴。島津的心態想必是覺得一個理應保護他的人，卻從友方變成敵方，在法庭上揭露他的過往罪行。

佐方直直看向前方，展開最終辯論。

「根據檢方的最終論告，被告人為了與被害人密會，於十二月十九日前往成為本案案發現場的格蘭維斯塔飯店一二〇七號房。被害人在案發現場逼迫被告，如果不與妻子離婚並與被害人廝守，就會說出一切。被害人得知被告不肯點頭答應後，便抓住被告大吼大叫。被告因為害怕兩人的關係曝光，一時衝動地抓起身旁的餐刀刺殺被害人的胸口後，慌慌張張地搭上計程車回家。然而，檢方所主張的本案公訴事實，不過是檢察官所編寫的劇本，並非實際存在的事實。」

真生露出不甘心的眼神看著佐方。

佐方掀開手邊的文件說：

「方才進行證人詰問時也已經說明過，殺害現場所留下的物證、環境證據皆可構成被告曾經去過現場的證據，但那不過是證明被告與被害人在相同房間共處過，並無法構成被告殺害被害人的證據。」

佐方迅速翻閱文件。

「針對檢方所主張的本案動機，也是一樣的道理。被告和被害人為男女關係的一切證詞，皆是從被害人口中傳出去的資訊，並未從被害人以外的人士取得兩人為親密關係的明確證詞。基於上述事實，針對檢察官所提示的本案動機，也可說極可能是被害人意圖性地將兩人關係灌輸給外部人士。

另外，案發後的被告行動也有疑點。被告在事件當天的十二月十九日二十一點半過後，從案發現場的格蘭維斯塔飯店搭乘計程車回家。假使被告是凶手，即便匿名掩飾身分，也不可能特地穿越大廳去搭乘計程車，做出會被人看見長相的行動。他應該會設法在不被任何人目擊到的狀況下離開現場，才算合理。就算因為剛犯下罪行而陷入混亂狀態，檢方所主張的被告行動原因還是有令人難以認同之處。」

佐方停頓下來，讓視線移向真生。

「針對上述這些疑點，檢方完全沒有提出具合理性的主張。此外，也沒有證據可證實檢方所主張的論告。」

法庭裡的目光一齊集中到真生身上。真生看起來很努力地偽裝鎮靜，不過，很明顯地，任誰都看得出真生內心的動搖。真生的額頭上微微滲出汗珠，表情十分嚴肅。

佐方離開座位，站到應訊檯前方。佐方轉頭看向自己的委託人，形成委託人和律師對峙的畫面。佐方直直看著島津說：

「被告十分重視名譽，其個性非常在意外人的眼光。被告害怕失去自己的社會地位勝過任何一切。這樣的一個人不可能會為了一個認識不久的女性，犯下殺人罪。如方才所說，現場所留下的浴袍和指紋等環境證據，也無法斷定被告即是凶手。」

佐方從島津身上挪開視線，看向坐鎮法官席正中央的寺元。

「斟酌以上各點後，可得知檢方針對本案公訴事實的主張並未根據證據，在理論上亦有矛盾之處，這說出檢察官是根據自身編寫的劇本，做出獨斷之舉。我不得不說檢方認定被告即是凶手的論調無法成立。」

佐方再次看向被告席上的島津。

「如方才所說，這次事件的導火線是七年前發生的死亡事故。如果那場事故得到正當審判，被告也確實贖罪的話，想必也不會發生這次的事件。」

佐方朝著法庭裡的所有人，放大嗓門說：

「這次的事件是一場因為被告的自私保身和欠缺人性的行為，以及一對父母被奪走獨生子性命的悲傷與無處可宣洩的憤怒所造成的悲慘事件。本案是一對父母因為被無情奪走孩子性命而賭上一切的復仇劇。」

法庭裡一片鴉雀無聲，每個人都動也不動。法庭裡所有人都入迷地聽著在公審首日時，誰也預料不到的最終辯論。

佐方闔上文件，重新面向寺元。

「根據以上內容，辯方主張被告無罪。」

佐方緩緩走回自己的座位。

寺元低頭保持沉默了一會兒後，緩緩抬起頭說：

「接下來將進行評議。我在此宣布暫時休庭，休庭後即刻宣告判決。」

判決

法院裡傳來通知即將重新展開審判的廣播聲。

佐方看向牆上的時鐘。時刻為四點半，休庭後已經過了四小時。

佐方走出休息室，小坂也跟在後頭。

走廊上一片鬧哄哄。等待重新開庭已久的記者和旁聽人紛紛衝向法庭。

評議結束前的這段時間，小坂在休息室裡情緒激昂地說著絕對會是佐方贏得勝利。佐方靠在沙發上，一直意識朦朧地聽著小坂的發言。

佐方滿腦子想著光治。

佐方很想解救光治。光治夫婦被奪走獨生子性命，而被迫度過不合理的人生，佐方很想助這對夫婦一臂之力。妻子試圖陷害島津扛起殺人罪的事實已無法改變。不過，丈夫這邊只要透過自白，想要怎麼減輕罪刑都有可能。

佐方抱著這般想法，要求光治自白。

然而，光治沒有坦承事實，光治抱著貫徹妻子的意念到最後一刻的決心。光治與妻子之間的羈絆越是堅固，就越讓人感到難受。

所有人入座後，在審判長寺元的帶頭下，兩名法官和六名裁判員步入法庭。坐上自己座位的九人，全都一臉疲憊不堪的表情。九人的表情讓人不難想像進行評議時，有過一番意見衝突。

真生緊接著步入法庭。真生沒看四周一眼便直接走向檢察官席坐下來，接著在桌上交握起雙手。真生閉上眼睛低著頭。從緊緊握住的拳頭，可看出各種情緒在真生的內心翻騰。

最後是島津步入法庭。島津在警官的陪同下，在被告席坐下來。島津垂著肩膀，無力地低下頭。開庭時島津的髮型梳得整整齊齊，如今變得散亂，眼窩也凹陷了。那模樣像是一天之間就老了好幾歲。不過，坐上被告席之前，島津看向佐方的眼神流露出強烈的怒氣和恨意。

光治在旁聽席上，坐在與休息前同一個座位。光治的表情和兩天前的公審首日完全一樣，他面無表情地捧著妻子的遺照，靜靜地坐著。

寺元清了清喉嚨說：

「開始繼續進行審判。請被告站上應訊檯。」

島津準備抬起身子，然而，他的雙腳搖晃無力，站不起來。在兩側的警官攙扶下，島津才好不容易站到應訊檯前方。

寺元在椅子上坐正身子說：

「被告，請說出大名。」

「島津邦明。」

島津以沒有抑揚頓挫的語調答道。

寺元掀開手邊的文件。

「我在此宣告判決。判決書主文。」

法庭裡陷入緊張氣氛。

「被告無罪。」

法庭裡掀起一陣喧嘩。媒體人士一齊起身衝出法庭外，走廊上傳來打電話回公司的聲音。

島津全身顫抖著。不知道他是因為安心，還是拚命壓抑住湧上心頭的笑意而顫抖？

宣告判決的那一刻，只有佐方、真生，以及光治面無表情地坐著。佐方坐正身子直直看向前方，真生則是依舊低頭閉著眼睛。光治保持捧著遺照的姿勢，露出空洞的眼神凝視著眼前的虛無。

寺元平靜地念出判決內容：

「雖從鄰近居民和被害人曾報名上課之陶藝教室學員口中，取得被害人與被告為男女關係，以及被害人為兩人關係而煩惱之證詞，但辯方主張該證詞不具信賴性之論點具有說服力。檢方物證雖可構成被告曾身處案發現場之證據，但不足以構成殺害被害人之證據，故難以判定被害人為被告所殺害。」

寺元的平淡聲音在法庭裡響起。

「針對被告離開案發現場後之行動，亦有令人難以理解之處。就犯罪心理層面而言，殺人後搭乘計程車回家這般會引起他人注意之舉具有疑點。即便是犯行後處於混亂狀態，仍是令人難以理解之舉。更重要的一點是……」

寺元將手邊的文件翻過一頁，繼續說：

「在進行本案之審判上，丸山之證詞乃為不可忽視之重要證詞，七年前所發生之事故為本案導火線之可能性極高，辯方所陳述之內容亦具有可信度。本事件必須釐清所有疑點之真相，方能解決之。」

寺元闔上手邊的文件，看向坐在旁聽席角落的丸山。

「方才丸山在提供證詞時，提到犯罪的連鎖效應，本法官認為判罪時不只有當下所議論的事件，探索發生該事件的背景也很重要。為何會發生此犯罪行為？做出該行為的人為何非得犯罪不可？如果沒有如此深入追究，將無法真正制裁罪行。」

寺元接著看向真生，真生保持原本的姿勢不動。不過，或許是感受到寺元投來視線，真生緩緩抬起頭。

「行動的背後勢必有原因。本法官認為不能只看水面上的波紋，必須潛入水底找出造成波紋的原因，才能做到公正的制裁。」

真生低下頭，但不確定是在點頭，還是無力地垂下頭。

寺元接著看向島津。

島津紅著臉等待寺元的話語。寺元重新坐正身子後，直直看著島津說：

「就本事件而言，因欠缺足以判定被告即是凶手的證據，所以對於斷定被告即是凶手一事，不得不抱持遲疑態度。因此，被告獲判無罪。」

法庭裡掀起一片騷動。

島津的表情明顯變得開朗。那是一個贏家會有的表情。島津斜眼看了坐在檢察官席上的真生一眼，真生也低著頭抬高視線看向島津。兩人的視線相交，島津的眼裡流露出愉悅與藐視真生的神色，而真生的眼裡明顯浮現不甘心與感到屈辱的情緒。

寺元對著一片騷動的法庭，放大嗓門說：

「最後一句話。」

法庭裡再次安靜下來。

寺元以冷漠的目光俯視島津說：

「雖然在這個當下，被告是無罪之身，但接下來將針對與本事件有極深關聯的七年前事故重新展開調查。」

寺元以平靜但具有分量的語調，終結判決說：

「本事件並未結束，而只是轉移到新局面，請被告牢記這點。」

寺元轉移視線看向前方。

「判決宣告結束。」

終章

回到休息室後，小坂為佐方端來剛沖泡好的咖啡。

「恭喜您。」

佐方精疲力盡地癱坐在沙發上，默默地接過杯子。

小坂鬆口氣說：

「這次的審判太精彩了。」

一路來小坂看過無數次佐方的辯護，但從未遇到過如此情勢緊迫的審判。

佐方啜飲一口咖啡後，抬頭仰望起天花板。

「這次之所以能打贏官司，都多虧了丸山先生。要是他沒有來，就贏不了。丸山先生內心還保有的警察……」

佐方說到一半停頓下來，跟著低喃一句：「算了，不說了。」

小坂猜想佐方應該是想說：「丸山先生內心還保有的警察尊嚴救了這場官司。」佐方總是不會說出內心的所有想法。雖然小坂有時會因此感到心急，但也覺得十分符合佐方的作風。

小坂的腦海裡浮現丸山站上應訊檯時的表情，那是悔意、痛苦以及歉意交雜在一起的表情。

審判結束後，丸山在警官提出協助調查的要求下，被帶往警局。接下來，丸山將針對七年前包庇凶手之罪，以及以本事件之重要證人身分等著接受偵訊。丸山將接受過往同事的問話，他承受得了那般煎熬嗎？

可能是察覺到小坂的心思，佐方一口喝光剩下的咖啡後，猛地從椅背上挺起身子說：

「站上應訊檯的當下，丸山先生早就做好心理準備，他早就預料到一切。比起丸山先生，有人的臉色會更加蒼白。」

小坂有所驚覺地瞪大眼睛說：

「您是指要求丸山先生掩蓋事實的前上司，是嗎？」

佐方把見底的杯子遞給小坂說：

「簡單來說，就是濫用職權。當然了，丸山先生也有罪，但上司強制要求他捏造事實的罪更重。我們就好好等著看警方會如何制裁自家人的醜聞吧，總之……」

說著，佐方從沙發上站起身子。

「工作已經結束，不需要繼續待在這裡了。」

佐方朝向門口走去。小坂收拾好用過的杯子後，急忙拿起行李跟在佐方的後頭走去。

走出休息室後，小坂發現走廊上圍起人群。那群人是方才旁聽審判的媒體人士。

島津出現在人群正中央。為了取得資訊好刊登在明日早報上的記者，以及想要在傍晚的新聞節目播報審判狀況的電視臺採訪人員，爭先恐後地擁上前。島津很努力地偽裝鎮靜，但任何人都明顯看得出島津內心的動搖。媒體人士用身體擋住島津的去路，每次一撞到媒體人士，島津的臉上就會浮現交雜著狼狽和困惑的表情。

小坂在視野裡，看見一名女子站在稍微遠離人群的位置。女子在走廊的角落保持緊握拳頭的姿勢，露出冷漠的目光瞪著島津。女子全身顫抖，那模樣像在壓抑想要破口大罵的聲音，也像在忍住不發出哽咽聲。不論事實為何，都可從女子的痛苦表情，看出女子對島津的怒氣以及恨意在其內心翻騰。

一名青年在女子身旁攙扶著她。看見青年長相的瞬間，小坂立刻看出兩人的身分。兩人是島津的妻子和兒子。青年的一雙眼睛很像島津，嘴巴很像身旁的女子。

島津沒發現兩人的存在，就這麼從他們面前走過去，接著匆忙走下樓，試圖擺脫爭相採訪他的媒體。一群媒體追著島津而去。畢竟是在平常恬靜安穩的地方城市發生戲劇化新聞，大家都拚死拚活地想要取得獨家消息。

島津在今天的判決獲判無罪。雖然接下來將會重新調查七年前的事故，但不確定能夠追究真相到什麼程度。不過，從此刻島津被媒體包圍的光景，可明顯看出島津勢必將接受社會制裁。不用說也知道島津將失去社會地位，想必也會失去名為家庭的棲身處。雖然這次島津並未受到法律制裁，但已經被烙印上一輩子也抹不去的罪名。

島津和人群從走廊上消失後，四周安靜了下來。

小坂準備踏出步伐時，後方傳來踩著高跟鞋的腳步聲。小坂轉身一看，發現真生出現在走廊的盡頭。每次跟在真生身邊的事務員也在一旁。

真生在小坂和佐方兩人面前停下腳步，對著佐方說：

「恭喜。」

真生的聲音毫無感情。

佐方也只回了一句：「謝謝。」

真生用著低沉的聲音說：

「請告訴我一件事就好。對於丸山先生掩蓋七年前的那場事故，您掌握到證據了嗎？」

佐方直直看著真生，一句話也沒回答。沉默氣氛持續了很長一段時間。或許是感到不耐煩，真生比方才稍微放大聲量說：

「佐方先生，請告訴我答案。」

或許是不忍心看下去，站在後方的事務員出聲阻止真生：

「庄司小姐，我們走吧。」

即便如此，真生還是不肯移動腳步。真生緊迫盯人地對著佐方說：

「您說過為了請丸山先生出庭作證，去拜託過他好幾次。可是，如果丸山先生堅稱清白到底而不肯為七年前的事故作證，您將會無法打贏這場官司。」

佐方搔了搔頭說：

「我也這麼覺得。」

真生繼續詢問：

「佐方先生，您一直都是靠著這種不確定因素在面對審判嗎？您用碰運氣的態度面對審判。我輸給了把勝負交給運氣決定的辯護，這太讓人難以接受了。」

佐方一副傷腦筋的模樣又搔了搔頭。

「審判的目的在於揭開事件的真相。審判的存在不是為了檢察官和律師，而是為了被告和被害人。只要能夠判罪判得公正，不就好了嗎？」

真生陷入了沉默。佐方踏出步伐說：

「犯法的對象是人。如果妳想繼續當檢察官下去，就要懂得看人比看法律更重要。」

真生露出有所驚覺的表情。事務官臉上也浮現相同的表情。事務官低喃：

「筒井部長也說過一樣的話……」

真生原本一直保持面無表情，這時表情垮了下來。真生的臉上浮現看似不甘心，卻又像是想透了什麼的表情。真生和事務官兩人似乎都認識名為筒井的人物。筒井究竟是誰呢？佐方認識這號人物嗎？小坂這麼想，並看向佐方。然而，佐方佯裝不知情，臉上的表情就跟平常沒什麼兩樣。

「我再不補充尼古丁就要撐不下去了。」

佐方走了出去。

佐方在走廊上準備彎過轉角時，眼前出現一道黑影。黑影的主人是光治。兩名警官跟在光治的左右兩側，看來應該是準備前往警局。

光治看向佐方，佐方也看向光治，兩人的視線相交。

光治的眼裡沒有任何情緒，那眼神就像已經失去了所有情感。光治面無表情的面容，讓人看不出其內心想法。

小坂忍不住思考起來。不知道光治是如何看待這次的判決？光治夫婦設計了讓兒子的仇人島津淪為殺人犯的計畫，最後被佐方揭穿。不過，七年前的事故因此得以曝光。

媒體將會報導今天的所有審判內容。警方再怎麼膽大包天，這回想必也不敢做出包庇自家人的舉動。不用想也知道如果警方真的那麼做，別說是媒體，也會受到世人的抨擊。希望害死自己兒子的凶手接受嚴懲。光治的這般心願能夠真正實現的日子到來了。

「走吧。」

站在右側的警官催促停下腳步的光治。光治從佐方身上移開視線，走了出去。

光治走過佐方身旁時，佐方低喃道。

「很完美的計畫。」

光治再次停下腳步。

佐方沒有再多說什麼，只說了這麼一句後，便走了出去。光治也沒有做出任何回答，沉默地走了出去。警官也跟在後頭走去。

小坂注視著光治的背影。逆光下的光治身軀顯得比實際外表更加瘦弱，宛如一道幻影。

無庸置疑地，光治將因為這次的事件而被起訴。不論理由為何，光治都逃脫不了試圖陷害一個男人扛上罪名的事實。

小坂很想解救光治，但犯了罪就會被法律制裁，而法律也理應制裁犯罪者。對光治也是一樣。不論理由為何，犯了罪就必須贖罪。不過，或許必須在掌握到藏在事件背後的悲傷、痛苦、掙扎、一切的一切之下，才做得到所謂的公正制裁。事件都有著動機。若是沒能理解當中的情感，或許就稱不上是真正的制裁。

小坂目送被警官夾在中間的光治身影漸漸遠去時，忽然察覺到一件事。

小坂急忙衝向光治。

「高瀨先生。」

小坂喊住光治後，光治回過頭看。小坂調整好呼吸，開口說：

「如果您想要找律師……」

光治保持沉默地看著小坂，連動一下眉毛也沒有。小坂繼續說：

「如果您想要找律師，請指名我們事務所的佐方律師。」

光治變了臉色，一副「妳在說什麼東西！」的表情。或許光治認為佐方是揭穿其計畫的敵人。光治的表情像是在說：「難道要我向敵人求救不成？」

小坂如此猜測光治的想法，但還是不死心地往前踏出一步說：

「對於這次事件的一連串相關經過，了解最深的人就是佐方律師。還有，肯定也是佐方律師最能夠體會高瀨先生和美津子女士的心情。正因如此，佐方律師才會那麼拚命地一直拜託丸山先生出庭作證。」

光治的眼神閃動了一下。雖然只是一瞬間，但光治的眼神確實閃動了一下。

小坂從包包裡掏出法律事務所的名片。

「請您收下。」

小坂將名片遞向光治。光治沒有伸出手，只是沉默地低頭看著名片。小坂硬是把名片塞進光治的手心說：

「佐方律師總是把『應該公正嚴懲罪行』這句話掛在嘴邊。不過，我認為這句話也代表著應得到公正的解救，光治先生應該要得到公正的解救。美津子女士也是一樣，當然還有小卓也是一樣。」

光治的眼神明顯動搖。

小坂加重語氣說：

「佐方律師知道所有一切，只有他才能真正幫高瀨先生辯護。」

光治不再面無表情，臉上浮現像是感到疼痛，也像是想哭的表情。

沒錯，美津子和光治或許犯了罪。不過，得知這次事件的來龍去脈後，相信一定有人對兩人的境遇產生共鳴。

在籠罩光治的光線之中，小坂彷彿看見了美津子和小卓的身影，兩人伴隨在光治的兩側。小坂感到刺眼地瞇起眼睛。

「小坂。」

佐方的聲音從背後傳來。

「我快受不了了。我想去抽菸，走了喔！」

小坂回過神來。

「我馬上過去。」

小坂回答後，再次轉身看向光治。

警官一副彷彿在說「已經給你們夠多時間交談了」的模樣，抓住光治的手臂。光治沒有反抗，在警官的帶領下順從地走了出去。離去之際，光治微微低下頭。那模樣像是無力地垂下頭，也像在低頭致意。

佐方的呼喚聲再次傳來。小坂急忙轉過身後，看見佐方皺起眉頭瞪著小坂。看來佐方是真的快受不了了。

小坂小跑步地跑了出去。奔跑之中，小坂打從心底祈禱著光治打電話來委託的那一天能夠到來。

解說

今野敏

在進行大藪春彥賞的選拔活動中，閱讀到《検事の本懐（暫譯，檢察官的本願）》這本候選作品時，我的第一印象是「嗯～這個作家的風格跟我很像。」

因此，閱讀起來讓人感覺到心曠神怡。我猜所有選拔委員當中，最感動的人應該是我吧。原因在於有了共鳴。

作家也可分為各種不同的類型。有些作家致力於追求真實，有些作家則試圖揭發世上的問題點。還有作家偏好描繪人心的黑暗一面。

相反地，也有作家相信人性本善，或試圖在這個世界找出希望。

身為小說家，我認為自己的職責在於提供能讓讀者在閱讀後多少受到鼓舞的作品。我感受到柚月裕子應該也是像我這樣的作家。

後來，柚月以《検事の本懐》一作榮獲大藪春彥賞。我還記得那一年是二〇一三年。

柚月在那之後的活躍表現，相信大家都已經有目共睹。

柚月榮獲「這本推理小說真厲害！」大賞而進入文壇後，挑戰了各種不同方面的寫作。她的這般挑戰精神讓人深感佩服。

以《検事の本懐》為首的系列作品，是在描繪隸屬於東北地區地檢署的男性模樣。而當大家還沉浸在這系列作品之中時，一下子又看到柚月在《パレートの誤算（暫譯，八二法則的失算）》中描繪從事社工工作的年輕女性；在《蟻の菜園—アントガーデン—（暫譯，螞蟻菜園）》中以女性週刊的女作家為主人翁，描繪該主人翁如何追查利用交友網站的連續殺人事件；在《あしたの君へ（暫譯，給明日的你）》中描繪家事裁判所調查官補的實習生；在《ウツボカズラの甘い息（暫譯，豬籠草的甜蜜氣味）》中，描繪家庭主婦和神祕女子一起被捲入巨額詐欺事件和殺人事件。

一路這樣看下來，相信大家也發現到柚月在榮獲大藪春彥賞後，發表了多數以女性為主人翁的作品。至於其中的原因，我無從得知。

有可能是因為責任編輯給了柚月建議，也可能是聽見周遭人們的聲音也說不定。我猜是有人認為女作家還是應該以女性為主人翁來寫作，進而促使了柚月這麼做。

也可能是柚月本人想要這麼做也說不定。不過，如果是某人建議柚月這麼做，那請容我說一句：「誰要你多管閒事！」

比起女性，柚月描繪起男性，而且是中年男性時的文章更加生動活潑。

寫了一連串以女性為主人翁的作品後，柚月像豁出去似地寫起以男性為主人翁的作品，其猛烈的攻勢即是最佳的證明。

以昭和時代的廣島為故事舞台，描繪黑道社會的《孤狼之血》，讓柚月更加受到大家的矚目。此作品在二〇一六年榮獲日本推理作家協會賞。

在《慈雨（暫譯，慈雨）》的作品中，柚月深刻描繪出踏上巡禮之旅的退休警官對於過往的懊悔；在《盤上の向日葵（暫譯，棋盤上的向日葵）》的作品中，柚月以象棋世界為故事舞台，徹底描繪出父與子的對峙、棋士們的生存之道。

沒錯，柚月所描繪的男性自尊心強，誠實又清高，深具吸引力。

身為女作家的柚月所描繪的男性相當虛幻。不過，所謂的小說，多少都帶有虛幻成分。比起現實世界裡的男性，在作家眼中的男性是怎樣的男性更值得鑑賞。

比起針對真實說一些有的沒的，我想要認同的是柚月的想像力，以及她眼裡所看見、在心中所描繪的男性魅力。

不應該過度追求真實而迷失了理想。

對於圓滿結局的小說，有時會聽到「把這世界看得太天真」的批評聲音。我認為寫出現實世界的嚴酷固然重要，但把「這世界該有何種樣貌」的理想傳達給讀者也一樣重要。

無庸置疑地，柚月裕子是一位做得到這點的作家。

對了，方才提到的《あしたの君へ（暫譯，給明日的你）》是我非常喜歡的作品集，尤其是當中的〈背負う者（暫譯，背負者）〉更是令人動容。因竊盜而被捕的少女動機讓人濕了眼眶。

我經常會說柚月裕子是撰寫動機的作家。

推理小說作家也有各種不同作風，有人會將心力放在圈套上、有人會把精力灌注在偵探如何解謎、有人會以理論為最優先等等……

我覺得在這之中，柚月是把心力放在動機上的作家。她的作品經常會讓人透過凶手的動機而有所啟發，也有很多令人感動之處。

如果想要撰寫動機，勢必得描繪社會上各式各樣的問題。看得出來柚月的每一個作品都做過綿密的採訪。

好了，把話題轉到本作品《最後的證人》，這本書是以檢察官系列作品中大家所熟悉的佐方貞人為主人翁。《最後的證人》是在二〇一〇年發表的作品，比檢察官系列作品更早問世，但以故事的時間軸來說，是在描繪佐方辭去檢察官工作，成為律師後的故事（註10）。

審判故事的吸引力在於最後的大逆轉。本作品不僅有最後的大逆轉，還做了各種安排，像是前半部分一直沒有指出被告和被害人的姓名，或是在進行公審中加入過往事件的橋段等等。

柚月裕子在寫作時總是全力以赴。本作亦是如此。這樣的努力也讓她持續不斷地進步。

最後容我再補充一句，寫出《最後的證人》時的柚月，早已大大進化。

註10：以上指日本的出版狀況。本書依據二〇一一年六月寶島社文庫本編修而成。

國家圖書館出版品預行編目資料

最後的證人 / 柚月裕子作 ; 林冠汾譯 . -- 初版 .
-- 臺北市 : 臺灣角川 , 2019.12
面 ; 公分 . -- (文學放映所 ; 123)
譯自 : 最後の証人
ISBN 978-957-743-460-9(平裝)

861.57 108018163

最後的證人

原著名＊最後の証人

作　　者＊柚月裕子
譯　　者＊林冠汾

2019 年 12 月 19 日　初版第 1 刷發行

發 行 人＊岩崎剛人
總 經 理＊楊淑媄
資深總監＊許嘉鴻
總 編 輯＊呂慧君
編　　輯＊林毓珊
美術設計＊李曼庭
印　　務＊李明修（主任）、張加恩（主任）、張凱棋

台灣角川

發 行 所＊台灣角川股份有限公司
地　　址＊105 台北市光復北路 11 巷 44 號 5 樓
電　　話＊（02）2747-2433
傳　　真＊（02）2747-2558
網　　址＊http://www.kadokawa.com.tw
劃撥帳戶＊台灣角川股份有限公司
劃撥帳號＊ 19487412
法律顧問＊有澤法律事務所
製　　版＊尚騰印刷事業有限公司
I S B N＊ 978-957-743-460-9